A PISCINA
DIÁRIO DE GRAVIDEZ
DORMITÓRIO

Yoko Ogawa

A PISCINA
DIÁRIO DE GRAVIDEZ
DORMITÓRIO

três novelas

Tradução do japonês
Eunice Suenaga

Estação Liberdade

Título original: *Daibingu Puru / Ninshin Karenda / Domitorii*

A piscina – publicado originalmente no Japão em 1990, em *Samenai Kocha*, pela Fukutake Shoten Co., Ltd., Tóquio

Diário de gravidez e *Dormitório* – publicados originalmente no Japão em 1991, em *Ninshin Karenda*, pela Bungeishunju Ltd., Tóquio

© Yoko Ogawa, 1990 e 1991
© Editora Estação Liberdade, 2023, para esta tradução

Direitos da edição em português acordados com Yoko Ogawa por intermédio de Japan Foreign-Rights Centre/Ute Körner Literary Agent, S.L.

PREPARAÇÃO Silvia Massimini Felix | REVISÃO Fábio Fujita e Marina Ruivo | EDITOR ASSISTENTE Luis Campagnoli | SUPERVISÃO EDITORIAL Letícia Howes | EDIÇÃO DE ARTE Miguel Simon | EDITOR Angel Bojadsen

A EDIÇÃO DESTA OBRA CONTOU COM SUBSÍDIO DO PROGRAMA
DE APOIO À TRADUÇÃO E PUBLICAÇÃO DA FUNDAÇÃO JAPÃO

CIP-BRASIL. CATALOGAÇÃO NA PUBLICAÇÃO
SINDICATO NACIONAL DOS EDITORES DE LIVROS, RJ

O28p

    Ogawa, Yoko, 1962-
      A piscina ; Diário de gravidez ; Dormitório : três novelas / Yoko Ogawa ; tradução Eunice Suenaga. - 1. ed. - São Paulo : Estação Liberdade, 2023.
    168 p. ; 21 cm.

    Tradução de: Daibingu puru ; Ninshin karenda ; Domitorii
    ISBN 978-65-86068-76-4

    1. Novela japonesa. I. Suenaga, Eunice. II. Título: Diário de gravidez. III. Dormitório. IV. Título.

23-83813   CDD: 895.63
                                CDU: 82-32(52)

Meri Gleice Rodrigues de Souza - Bibliotecária - CRB-7/6439
04/05/2023   12/05/2023

Todos os direitos reservados à Editora Estação Liberdade. Nenhuma parte da obra pode ser reproduzida, adaptada, multiplicada ou divulgada de nenhuma forma (em particular por meios de reprografia ou processos digitais) sem autorização expressa da editora, e em virtude da legislação em vigor.

Esta publicação segue as normas do Acordo Ortográfico da Língua Portuguesa, Decreto nº 6.583, de 29 de setembro de 2008.

EDITORA ESTAÇÃO LIBERDADE LTDA.
Rua Dona Elisa, 116 | Barra Funda
01155-030 São Paulo – SP | Tel.: (11) 3660 3180
www.estacaoliberdade.com.br

ダイヴィング・プール

妊娠カレンダー

ドミトリイ

Sumário

11   A piscina

61   Diário de gravidez

111   Dormitório

A piscina

Aqui é sempre quente: parece que estou dentro da barriga de um bicho gigantesco. Ao permanecer sentada por um tempo, sinto o cabelo, os cílios e a blusa do uniforme absorverem o calor e ficarem úmidos. Sou envolvida por uma umidade ligeiramente mais seca que o suor, com um leve cheiro de creolina.

Lá embaixo, sob os meus pés, oscila a superfície da água azul-clara. Mesmo tentando olhar para o fundo, as pequenas borbulhas que surgem a todo momento obstruem minha visão. O teto de vidro é muito alto. Estou na arquibancada, sentada em um dos bancos bem no meio, como se estivesse suspensa no ar.

Jun caminha na plataforma de dez metros. Usa uma sunga em tom vermelho que estava pendurada no beiral da sua janela ontem. Ao chegar à extremidade, fica de costas para a água, devagar, e junta os calcanhares. Todos os músculos do seu corpo se mobilizam ao mesmo tempo e ficam tensos. A parte de que mais gosto em seu corpo é a linha dos músculos das pernas, do tornozelo até a coxa. A linha tem a elegância gélida de uma estátua de bronze.

Às vezes tenho vontade de explicar a mim mesma o prazer que sinto desde o momento em que Jun levanta os braços como se fosse agarrar qualquer coisa no espaço até sumir dentro da água. Mas nunca consigo. Será que é porque ele cai no vale do tempo silencioso, onde as palavras não chegam?

— Duplo e meio mortal revirado grupado — murmuro.

Ele falhou. Seu peito atingiu a superfície da água com um estrondo. Vários respingos brancos jorraram por todo lado.

Se é um fracasso como agora ou um salto perfeito sem respingos, o prazer que sinto não muda. Por isso não torço para que o salto seja um sucesso, não fico desapontada nem pulo de alegria. O corpo maleável e elegante de Jun rompe minha emoção pueril e é absorvido pela parte mais profunda do meu íntimo.

Quando ele aparece no meio das borbulhas, a superfície da água oscilante se levanta como um véu, revelando o contorno das suas costas. Sem tirar o véu, ele nada devagar para a beira da piscina. É um nado de peito preciso, com grandes movimentos.

Certa vez, vi num programa de tevê que transmitia saltos ornamentais as imagens de uma câmera subaquática posicionada dentro da piscina. Os atletas que rasgavam a superfície da água atingiam o fundo em alta velocidade. O interior da piscina era preenchido por um azul límpido. Os atletas giravam o corpo, chutavam o fundo da piscina com a sola dos pés e subiam à superfície. Esse movimento era bem mais bonito que o salto em si. Os movimentos das palmas das mãos e dos tornozelos eram livres, e todo o corpo estava envolvido pela pureza da água. No caso das atletas femininas, o cabelo oscilava como o vento. Todos tinham uma expressão tranquila, como se respirassem profundamente.

Vários atletas saltaram e passaram diante da câmera mostrando sua bela aerodinâmica. Eu queria olhar por mais tempo, com calma, a silhueta dos atletas dentro da água, mas dois ou três segundos depois eles já mostravam a cabeça na superfície. Aquilo me fez lembrar que todas as pessoas um dia estiveram mergulhadas em líquido amniótico.

Será que Jun, no fundo da piscina, também nada mexendo os músculos livremente, como um feto? Se eu pudesse observar o corpo de Jun livre, livre da tensão, o quanto eu quisesse, meu prazer seria maior.

Tenho passado muito tempo na arquibancada da piscina de saltos ornamentais. Estive aqui ontem, anteontem, e há exatos três meses também. Não tenho nenhum objetivo, não penso em nada nem espero algo. Apenas observo Jun molhado.

Como moramos debaixo do mesmo teto há mais de dez anos e frequentamos a mesma escola de ensino médio, algumas vezes por dia nos aproximamos muito, a ponto de nossos ombros se tocarem, ou trocamos algumas palavras. Mas consigo sentir Jun bem mais perto de mim quando ele está na piscina. De forma indefesa, apenas de sunga, ele salta para dentro da água várias vezes, mudando de posição: esticada, carpada e grupada. Estou sentada na arquibancada, com a mochila escolar no chão, vestindo uma saia de pregas bem passada e uma blusa branca limpa. Não consigo estender minha mão para ele.

Mesmo assim, aqui é um lugar especial. Aqui é uma guarita só minha, onde consigo ver Jun, que é só meu. Ele me perfura bem no meio, em linha reta.

Depois de atravessar toda a rua comercial que fica em frente à estação, entro na primeira ruela ao sul, paralela à rodovia nacional que segue a linha do trem, e nessa hora o agito se distancia de repente. Estamos em maio, e, nessa época do ano, a reminiscência da claridade do dia ainda paira no ar, mesmo quando desembarco na estação ao voltar para casa depois de deixar a piscina ao término dos treinos de Jun.

Passo pelo parque onde só há caixas de areia e bebedouros, pelo alojamento para solteiros de uma empresa e pela maternidade deserta, e mais adiante há apenas casas residenciais comuns. Preciso caminhar nessa rua por vinte e cinco minutos até chegar à minha casa. À medida que o número de pessoas que passaram comigo na catraca da estação diminui, a pouca claridade do dia que resta vai sendo sugada pela treva fosca. Normalmente, no final não sobra ninguém além de mim.

Passo por cercas vivas baixas, por um matagal e, avançando mais um pouco, avisto um muro de blocos coberto pela metade por trepadeiras. A parte sem trepadeiras apresenta uma coloração de musgo. O muro já foi praticamente assimilado pela planta. O portão está todo aberto e preso por uma corrente enferrujada para não se fechar.

Nunca vi esse portão fechado. Está sempre aberto para receber todo tipo de gente que passa por dificuldades e dor e busca a salvação de Deus. Aqui ninguém é recusado. Nem eu, naturalmente.

Ao lado do portão há um quadro de avisos envidraçado e iluminado por uma lâmpada fluorescente. "Ensinamentos da semana: Quem é mais precioso: Você ou seus irmãos? Todos somos irmãos. Não trate seus irmãos como estranhos." Todo sábado, à tarde, meu pai gasta muito tempo para escrever esses "Ensinamentos da semana" depois de preparar a tinta e folhear as escrituras sagradas. O cheiro de tinta está impregnado na velha caixa na qual ele guarda pincéis e pedra de tinta. Ele despeja um pouco de água da jarra na concavidade da pedra e mói o bastão de tinta, segurando-o reto até que a água fique escura. Só então mergulha o pincel nessa tinta. Cada movimento é estupidamente lento e parece um cerimonial. Para não acabar com esse clima solene, passo diante de seu quarto na ponta dos pés.

Alguns bichinhos que foram atraídos pela luz da lâmpada fluorescente rastejam entre as letras do meu pai.

Quando me dou conta, o entardecer já se transformou em noite. Uma treva mais profunda que a de fora envolve o interior do portão. Isso porque esse espaço se preenche de um verde denso das plantas que parece causar asfixia. Ao longo do muro de blocos, plantas perenes e plantas caducifólias estão dispostas de forma aleatória, sem nenhuma ordem. Os galhos se estendem a seu bel-prazer e se entrelaçam. O pátio frontal também é coberto por um emaranhado de vegetação, e não é possível distinguir as ervas daninhas das flores.

Em meio a esse cenário verde, duas grandes árvores de ginkgo de cor mais intensa sobressaem no céu noturno. Todo ano, no outono, as crianças vestem luvas de trabalho para colher suas nozes. Quando Jun, que é o mais velho, sobe no galho grosso e balança a árvore, as nozes caem junto com folhas amareladas e secas, e as crianças correm eufóricas. Toda vez que passo ao lado das árvores, lembro-me das nozes de ginkgo grudadas na sola dos sapatos das crianças, como lagartas amassadas, e do cheiro horrível que se espalha pelo pátio.

À esquerda das árvores de ginkgo se localiza a igreja, e, aos fundos, na diagonal, fica a Casa Hikari, ligada à igreja por um corredor coberto. Ali é minha casa.

A límpida umidade azul-clara que inspirei em abundância na arquibancada da piscina secou por completo até eu chegar aqui, e sinto que também meu coração está totalmente ressecado. É sempre assim: leio os "Ensinamentos da semana", passo pelo portão desprotegido e abro a porta da Casa Hikari lembrando-me do cheiro das nozes de ginkgo. Não consigo fazer esses movimentos simples de forma inconsciente. Algo roça meu coração ressecado.

Algumas vezes, a Casa Hikari envolvida pela luz é incontestável e inabalável, mas eu me sinto embaçada. Já em outras é o contrário: sinto-me completamente afiada a ponto de sentir dor, mas a Casa Hikari é indefinida e vaga. De qualquer forma há uma distorção intransponível entre mim e a Casa Hikari, e sinto que essa distorção é que roça meu coração.

Apesar de aqui ser minha casa. Apesar de minha família morar aqui. Apesar de Jun morar aqui. Lembro-me disso toda vez que abro a porta da Casa Hikari e toco a cortina verde.

Ao tentar organizar minhas antigas memórias e dispô-las em ordem, percebo que a lembrança mais vívida é a que está impressa num velho filme.

É uma tarde de sol muito intenso. Jun e eu estamos brincando no pátio dos fundos, no lugar onde havia o poço. O poço foi fechado muito tempo atrás, e no lugar dele há uma figueira. Como temos quatro ou cinco anos, faz pouco tempo que Jun veio morar na Casa Hikari. A mãe de Jun era uma mulher solteira e alcoólatra e, vendo que ela não tinha condições de criar o filho, um fiel fervoroso recomendou a Casa Hikari.

Quebro um galho da figueira e observo por um tempo o líquido branco e opaco que exsuda dele. Ao tocá-lo, percebo que é mais viscoso do que eu imaginava e gruda na ponta dos meus dedos. Quebro outro galho e digo a Jun:

— Venha, é hora do leitinho.

Ponho Jun no meu colo, enlaço seu ombro com um dos braços e, com a outra mão, enfio o galho da figueira em sua boca. Nesse momento não há nada em seu corpo que lembre a linha dos músculos que brilha envolvida pela água transparente da piscina. Dentro dos meus braços só há a maciez comum de uma criança. Jun faz um biquinho com a boca e finge chupar o leite, fazendo barulho. Até envolve minha mão com as suas, como se segurasse uma mamadeira. O leite da figueira tem cheiro de terra amarga.

Nessa hora, de súbito, sinto que algo inexplicavelmente desagradável está grudado em mim. Essa foi a primeira vez. Talvez o leite da figueira e a maciez do corpo de Jun tivessem despertado esse algo. Ou talvez esse algo desagradável estivesse grudado em mim desde muito antes, talvez até antes de eu nascer.

"Quem é o Jun que está aqui? Ele veio um dia, de repente, e mora conosco. Nem é meu irmão. E não é só Jun. Minha casa está cheia de estranhos indefinidos que agem como se fossem da família. Sendo que família de verdade somos só eu, meu pai e minha mãe. Tem algo na minha casa que é diferente das outras casas. Diferente das outras famílias."

A sensação desagradável vai se materializando aos poucos em forma de mistério. Quebro um galho mais grosso que deve dar mais leite e passo o corte nos lábios de Jun. Ele franze as sobrancelhas de leve e passa a língua nos lábios. Nesse momento, de repente, a luz solar fica mais intensa e encorpada, e a paisagem, embaçada e branca. Aqui termina meu filme mais antigo.

Desde então o mistério não desapareceu e continua até hoje. Quando ouço as palavras "família" ou "lar", elas soam como palavras especiais, e não consigo deixá-las passar despercebidas. Mas, quando as agarro com a mão, são ocas por dentro e rolam no chão rente aos meus pés como latas vazias.

Meus pais são líderes da igreja, conectam Deus e os fiéis, e também são diretores da Casa Hikari. A Casa é um orfanato, e sou a única criança que nasceu ali e não é órfã. Esse fato desestrutura meu lar.

Como se quisesse confirmar a sensação desagradável grudada em mim, de vez em quando vou à sala de brinquedos e folheio os álbuns da última prateleira da estante de madeira. Sento-me entre os livros infantis e blocos de madeira espalhados no chão, dobrando as pernas para o lado, e pego um dos álbuns aleatoriamente.

Todas as fotos são de eventos da Casa Hikari. Piquenique de primavera para apreciar as flores de cerejeira, coleta de conchas na praia, churrasco, recolha de nozes de ginkgo. Todas cheias de órfãos. Assim como em fotos de turma tiradas em excursão escolar, os rostos das crianças estão enfileirados um ao lado do outro. E meu rosto, perdido no meio deles. Na excursão escolar cada criança volta para sua casa, mas os órfãos voltam todos juntos para a Casa Hikari. Não consigo me livrar deles.

Na maioria das vezes meus pais estão posicionados atrás dos órfãos, sorrindo. O sorriso do meu pai é silencioso, sereno e uniforme, um tanto cerimonioso. Como a maior parte do seu tempo é tomada por preces ritualísticas, não tem jeito. Ele está quase sempre imerso em orações sagradas e enfadonhas. Contemplo a foto do meu pai com os olhos de quem observa o altar sentada num banco da igreja.

Folheio o álbum com indiferença. Observo as fotos: todas parecidas, todas em grupo. Observo, com dor no coração, o álbum sem o registro de peso ou altura no momento do meu nascimento, sem o carimbo do meu pezinho, sem foto em família comigo e meus pais. Fecho o álbum produzindo um som que parece o da minha casa sendo esmagada entre os órfãos.

Seria bom se eu também fosse órfã, penso de vez em quando. Seria bom se, pelo menos, uma das infelicidades frequentes na Casa Hikari — mãe alcoólatra, pai assassino, pai e mãe falecidos ou abandono — fosse minha. Assim eu também seria uma órfã genuína. Eu me esforçaria para tratar os dois diretores como se fossem meus pais de verdade, fingiria inocência para encontrar a melhor família que me adotasse e teria pena de mim mesma por agir de forma tão louvável. Uma vida desse jeito seria bem mais compreensível.

Desde a lembrança da figueira que nasceu no poço fechado, venho desejando única e exclusivamente, como um anjo: um lar singelo e silencioso livre de complicações.

Quando Jun desaparece no vestiário e eu pego a mochila escolar do chão enquanto observo a superfície da água da piscina se tranquilizar, ou nas noites de domingo, quando aguardo em silêncio o som de Jun chegando de uma competição, adentrando na treva verde, sinto meu desejo se evaporar como bruma. Não nos momentos de grande dor como aqueles em que sinto solidão, mas quando meu coração aperta de forma inexplicável, meu desejo puro sobe volátil e perde a consistência.

Tento apalpar, mas descubro que não há nada que eu possa fazer. No mundo há várias coisas que estão fora do nosso controle, e descubro que, para mim, o que está mais fora de controle é a Casa Hikari.

Jun voltou. Como ele tem reunião depois do treino, volta mais ou menos uma hora depois de mim.

Uma vez por semana ou uma vez a cada dez dias, quando se aproxima o horário de Jun chegar, eu fico no saguão de entrada, no sofá ou perto do telefone. Se as outras crianças, os funcionários, meus pais e, principalmente, o próprio Jun soubessem que eu o espero, nossa relação ficaria muito complicada, e eu prezo pela naturalidade. Sentindo-me ridícula, telefono para minha colega de classe sem nenhum assunto em especial ou folheio uma revista.

Normalmente o saguão de entrada é vazio e silencioso à noite. Só há um sofá velho, manchado e puído, e um aparelho de telefone de modelo antigo, de discar, sem qualquer ornamento. A luz da lâmpada incandescente amarelada ilumina o assoalho de madeira.

Nesse dia eu me permiti esperar Jun. Ele entrou no saguão vestindo o blazer escolar e carregando a mochila e a bolsa esportiva.

— Olá — eu disse.

— Olá.

Por mais banal que fosse, a palavra dita pela boca de Jun parecia penetrar a minha alma. O corpo de Jun que acabara de sair do treino ainda mantinha o cheiro fresco próprio da piscina. Eu ficava ainda mais feliz quando restava uma leve umidade em seu cabelo.

— Estou morrendo de fome — disse Jun, afundando-se no sofá de forma brusca e jogando as duas bolsas no chão. Mas ele não estava mal-humorado. Até seu cansaço era envolvido pelo cheiro refrescante da piscina.

— Que inveja ter fome depois do treino — respondi, encostando-me na mesa de telefone. — Mesmo não fazendo nada, nunca me esqueço de comer quando chega a hora. Uma fome como essa é vaga e vazia.

— Você também podia praticar algum esporte, Aya.

Balancei a cabeça, olhando para baixo.

— Eu gosto muito mais de ver do que praticar esporte.

Assustei-me com minha fala, sobre gostar mais de ver. Será que ele já percebera que eu vinha observando seu treino na arquibancada por quase um ano?

Como queria manter o momento em segredo, procurava sentar-me no assento mais afastado da plataforma de salto e tomava cuidado para não cruzar com Jun nem com outros membros do clube na entrada da piscina. Era natural que ele não tivesse percebido. Mas, ao mesmo tempo, era triste. Havia esse sentimento contraditório dentro de mim.

Jun nunca falava coisas que me deixavam em situação embaraçosa, como "Você estava ontem na piscina, não estava?" ou "O que você fazia lá?". Se ele evita falar com o intuito de me deixar mais à vontade, apesar de ter percebido, e não simplesmente por não ter notado, nossa relação pode se tornar mais próxima, pensei.

— Hoje machuquei o pulso. Bati na água num ângulo errado.

— Qual deles?

Ele me mostrou o pulso esquerdo. Eu temia muito que Jun se machucasse. Seu corpo era muito importante. O olhar penetrante, o brilho do peito e o contorno dos músculos quando ele tentava captar o momento certo para saltar despertavam em mim um prazer físico que normalmente ficava esquecido em algum lugar distante. Para mim o corpo dele era perfeito, e uma pequena lesão, por menor que fosse, me deixava abalada.

— Tudo bem? A competição interescolar está chegando, não é?

— Não é nada — disse ele com modéstia.

Para entrar na água como uma agulha que perfura, reduzindo os respingos ao máximo, os pulsos firmemente colados de Jun rasgavam a superfície de água oscilante. Por isso seus pulsos eram mais resistentes que qualquer outro pulso que eu conhecia.

Nesse momento, ouvimos o barulho de chinelos vindo do corredor dos fundos.

— Jun, voltou? — Era Naoki. — Ei, fique de ponta-cabeça de novo.

Naoki ficou em torno de Jun pulando como um spitz japonês. Ele tinha três anos, sofria de asma e tinha a voz sempre rouca.

— Tá bom. Outro dia — disse Jun, levantando-se do sofá e pegando Naoki no colo.

Todas as crianças da Casa Hikari adoravam Jun. Ninguém nunca o viu bravo. Ele era infinitamente atencioso. As crianças adoravam Jun assim como eu o adorava, e todos queriam tocar em alguma parte do seu corpo. Em voz baixa, sugeri a Jun, que se dirigia para os fundos carregando Naoki no colo, que cuidasse do seu pulso.

— Outro dia quando? — perguntou Naoki. — Não é só ficar de ponta-cabeça. Você tem que andar de ponta-cabeça.

A voz rouca de Naoki desapareceu nos fundos.

Para mim, o momento mais estranho na Casa Hikari era a hora do jantar. Para começar, o fato de a cozinha e o refeitório ficarem no subsolo já era algo esquisito.

Tanto a igreja quanto a Casa Hikari eram construções bem antigas de madeira em estilo ocidental. Sua idade avançada estava impregnada em cada taco de madeira, cada dobradiça, cada azulejo. Como foram feitas várias reformas de ampliação, a estrutura era complexa e, mesmo de fora, não era possível perceber sua forma geral. De dentro parecia ainda mais complexa, com longos e intermináveis corredores sinuosos e pequenos degraus aqui e acolá.

Ao passarmos pelo saguão de entrada da Casa Hikari e seguirmos pelo corredor que se assemelhava a um labirinto, quando nos dávamos conta já estávamos no segundo piso. Víamos o pátio interno embaixo da janela.

No final do corredor havia uma parte do assoalho recortada do tamanho de um tatame, com uma alça de metal resistente na extremidade: era um alçapão. Ao puxar a alça, o alçapão se levantava, fazendo um barulho seco de madeira quando range. Ao prendê-lo num gancho suspenso do teto, abria-se um buraco no chão. Era a escadaria íngreme que seguia para a cozinha e o refeitório.

As crianças adoravam essa escadaria secreta. Na hora das refeições, todas elas queriam levantar o alçapão, e sempre acontecia uma pequena disputa. Ao serem repreendidas por uma das cuidadoras ou pela diretora do orfanato, desapareciam no buraco uma atrás da outra.

Quando eu puxava a alça enferrujada, quando ouvia o assoalho ranger com o som que revelava sua idade avançada e sentia o cheiro de alguma mistura subir pela escadaria, lembrava-me com frequência do *Diário de Anne Frank*: escada escondida pela estante giratória, planta do esconderijo tão complexa quanto a da Casa Hikari, estrela de Davi amarela, tachinhas no mapa que mostravam o avanço no desembarque da Normandia, refeição modesta mas pesada com Peter, o casal Van Daan e o senhor Dussel. Descendo os degraus da escadaria secreta da Casa Hikari, sentia meu apetite diminuir cada vez mais, como o de Anne Frank.

O refeitório ficava no subsolo, mas não era escuro nem úmido. Havia algumas janelas grandes; a do lado sul dava de frente para o pátio interno, e no vidro da janela do lado norte balançava a sombra do matagal.

No refeitório, porém, também a idade avançada impregnada aqui e ali era indisfarçável. As frigideiras e panelas do escorredor estavam queimadas e desbotadas; o liquidificador, o forno e a geladeira eram resistentes, mas de modelo antigo; e, na grande mesa de jantar de madeira, vários arranhões formavam uma estampa que se ampliava, e se viam alguns sulcos.

Para mim, o agitado café da manhã, quando as crianças se reuniam e espalhavam migalhas por toda parte, era insuportável. No jantar, comiam primeiro as dez crianças menores, até o primário, e meu pai, que tinha de acordar cedo para a missa matinal. A seguir, comíamos nós, os mais velhos: eu, Jun, Reiko, que está no terceiro ano do ensino fundamental II, a cuidadora do período noturno e minha mãe. Mesmo no jantar só de gente mais velha, quando as migalhas já haviam sido limpas, algo me deixava irritada.

Minha mãe era mais animada e mais empolgada que qualquer outra pessoa e qualquer criança da Casa Hikari. Costumava ser especialmente faladeira na hora do jantar. O que fazia não era proporcionar um assunto para todos discutirem: falava apenas o que era do seu interesse, do começo ao fim.

Ouvindo sua respiração agitada, eu pensava, com grande crueldade: ela não fica irritada consigo mesma falando por tanto tempo assim?

Quando começava o falatório, todas as outras pessoas eram obrigadas a se calar. Meus ouvidos só conseguiam captar palavras como "então", "só que", "mas", e o som de mastigar que se misturava de vez em quando à sua voz.

Eu ficava preocupada se aquela verborragia excessiva não irritava Jun e as outras pessoas. Tinha vontade de prender, com o indicador e o polegar, os lábios sinuosos dela que se mexiam sem parar como duas larvas e amassá-los. Mesmo com o pátio interno completamente escuro, o vidro das janelas mergulhado num profundo verde, a voz da minha mãe seguia reverberando exultante. Reiko e a cuidadora abanavam a cabeça de vez em quando, em movimentos sutis, sem tirar os olhos do prato.

Nessa hora o cabelo de Jun já estava completamente seco. O corpo dele assim, sem umidade, parecia um pouco menor e mais suave.

Jun nunca suspirava mesmo quando minha mãe falava excessivamente. Ele ouvia com atenção a voz que ecoava de forma invasiva, abanava a cabeça polidamente, comia com entusiasmo e até fazia perguntas adequadas para que ela falasse mais. Quando a voz dele conseguia deslizar com sucesso por entre as ondas da voz da minha mãe, ela se virava para Jun e continuava a falar de forma ainda mais animada.

"Não consigo controlar meu sentimento cruel e estou irritada, mas como você consegue ser tão gentil?", eu pensava, olhando o perfil de Jun. Quando voltava para a Casa Hikari depois dos saltos da plataforma da piscina, os músculos de Jun ficavam quentes como algodão e absorviam tudo o que irritava meus nervos, em sequência: a voz rouca de Naoki, as migalhas de comida espalhadas pelas crianças e o falatório interminável da minha mãe. O pai de Jun era desconhecido, e sua mãe o abandonara afogando-se na bebida, então de onde vinha tanta amabilidade? Era curioso. Sempre desejei intensamente, a ponto de me sentir sufocada, mergulhar na nascente que há na parte mais íntima da sua generosidade, enxugar meu corpo com o algodão macio de sua alma.

Do piso de cima vinha o som de vários passos de crianças. Era hora do banho, e todas deviam estar correndo para lá e para cá, espalhando talco branco pelo ambiente. Mexendo a gordura da carne com os palitinhos, observei os lábios gordurosos da minha mãe. Em seguida passei o molho para Jun, na esperança de ouvir seu "obrigado" capaz de lavar a azia no meu estômago.

Minha mãe só parou de falar na hora da prece, depois da refeição, quando todos juntamos as mãos e fechamos os olhos.

Era uma tarde tranquila de domingo. Meus pais tinham saído para a gravação de um programa religioso da rádio. Reiko, com quem eu dividia o quarto, estava deitada na cama de cima do beliche e lia uma revista científica. Jun tinha aula de balé todos os domingos. Ele havia começado recentemente, por recomendação do técnico do clube de saltos ornamentais, para tornar a linha do corpo mais bonita e maleável. Eu não conseguia imaginar como ficavam durante a aula os músculos de Jun, que, no momento do salto, brilhavam contornados pela luz das gotas de água e eram absorvidos pela água de forma sinuosa. Senti ciúmes das meninas de peito achatado com coque e *collants*.

Naquela tarde de domingo sem Jun, o tempo parecia estar cabisbaixo e triste.

Estudei inglês e, ao me cansar, folheei o dicionário e observei os desenhos simples, mas estranhamente reais, de albatroz, destilador, suporte para lenha da lareira, fôrma para waffle, entre outros.

O tempo estava lindo lá fora. A luz solar iluminava tudo, como se pairasse no ar uma poeira dourada. A sombra nítida das folhas de ginkgo oscilava na parede da igreja. O vento que penetrava pelas cortinas tinha um leve cheiro de início de verão.

— Hoje você não vai ao hospital? — Girei a cadeira e perguntei a Reiko, que estava deitada na cama.

— Não, hoje não — respondeu Reiko, sem tirar os olhos da revista.

Ela tinha chegado à Casa Hikari cerca de seis meses atrás. Depois que caixas abarrotadas de livros de bolso e roupas um pouco fora de moda e gastas foram trazidas para o meu quarto, vi Reiko de pé atrás da porta. Ela era mais alta que eu, era gorda e usava óculos de lentes grossas. Ainda estava no fundamental II, mas algumas partes do seu corpo eram flácidas como as de uma mulher de meia-idade.

— Muito prazer — disse Reiko entrando devagar no quarto, como se não soubesse o que fazer com seu corpo volumoso.

Era raro uma criança grande como Reiko vir morar na Casa Hikari. A maioria morava no orfanato quando pequena e saía quando encontrava uma família adotiva. Jun foi a primeira criança a frequentar o ensino médio morando na Casa Hikari.

Os pais de Reiko estavam internados num hospital psiquiátrico. Não estavam simplesmente internados: a situação era mais esmagadora e absoluta. Não havia nenhuma esperança de terem alta e voltarem a levar uma vida normal.

— Se você não for, eles não vão ficar com saudades?

Sabendo que Reiko não gostava de falar dos seus pais, eu perguntava deles com frequência, quando tinha chance. As crianças que moravam aqui carregavam todos os tipos de infelicidade que eu conseguia imaginar, mas a situação de um pai e uma mãe enlouquecerem um em seguida do outro me pareceu especialmente triste.

— Se ao menos eles sentissem saudades, eu ficaria feliz.

Ela pôs a revista aberta virada para baixo, tirou os óculos e se sentou na cama, dobrando as pernas para o lado. Seus olhos eram tão pequenos que, quando tirava os óculos, era impossível saber para onde olhavam.

— Meus pais já deixaram de sentir saudades faz muito tempo — disse ela. De vez em quando Reiko falava como uma moça de boa família, o que não combinava em nada com sua aparência e causava em mim uma sensação curiosa.

— Então por isso a saudade que você sente é três vezes maior? — perguntei.

Reiko piscou os olhos nervosa, mas não respondeu. Como sua visão estava fora de foco, era difícil imaginar suas emoções. Vendo apenas o formato dos seus lábios, aparentava sorrir de leve, mas parecia também engolir as palavras com o coração machucado. Passaram-se alguns segundos silenciosos e gelados.

— O gancho se soltou — disse Reiko de súbito, como se falasse sozinha.

— Gancho?

— É — respondeu ela. — O gancho que prendia meu pai, minha mãe e eu se soltou. Já não tem mais conserto.

Como será que é o som de quando o gancho que une uma família se solta? Parecido com o som de quando as sementes da fruta se espalham? Ou como o de uma explosão quando produtos químicos provocam uma reação?

Reiko olhava para mim com um olhar sem foco. Era como se a gordura das suas bochechas, do queixo e dos olhos escondessem sua emoção. Ela voltou a pôr os óculos, deitou-se e começou a folhear a revista.

Talvez a ferida de quando o gancho se soltara ainda estivesse doendo. No meu caso, desde que nasci, nunca estive ligada a alguém por um gancho. Senti que éramos igualmente infelizes.

Virei-me de novo para a escrivaninha e copiei no caderno as palavras em inglês que não conhecia. A agitação das crianças, que se intensificava cada vez mais, não perturbou o silêncio transparente que pairava entre nós duas.

A Casa Hikari estava sempre barulhenta. O barulho era composto por gritos estranhos, choros e passos bruscos, que ecoavam em todos os cantos como se fossem espíritos que habitam a casa.

Nessa hora ouvimos alguém bater na porta com afobação. Reiko e eu respondemos ao mesmo tempo, e uma cuidadora entrou, carregando Rie.

— Estamos indo para o bazar da igreja matriz, mas Rie está um pouco resfriada. Será que você pode cuidar dela? — disse a cuidadora afobada, ninando a criança no colo.

— Posso sim — respondi, levantando-me da cadeira para pegar Rie. — Cuido dela.

— Não quer vir conosco, Reiko? — perguntou a cuidadora, olhando para a cama de cima.

— Agradeço pelo convite, mas já me programei para fazer outras coisas — respondeu Reiko com polidez, um linguajar que não combinava com ela.

Rie tinha um ano e cinco meses e era a criança mais nova na Casa Hikari. Usava um macacão vermelho-vivo sobre uma camiseta branca, e suas narinas estavam úmidas e brilhando.

Depois que o barulho das crianças se afastou ao serem carregadas por três cuidadoras, desci para o pátio dos fundos com Rie no colo.

Como a luz solar era ofuscante, a sombra era vívida e o contorno de cada objeto — triciclo, vasos com rachaduras e cada uma das folhas das ervas — se destacava. Perto da porta da cozinha estavam empilhadas, de forma aleatória, caixas de suco para serem devolvidas à loja de bebidas e caixas de papelão vazias com desenho de aspargos.

A figueira deixou de dar frutos e fora cortada, e agora só havia um montículo silencioso no lugar onde outrora ficava o poço. Rie brincava espetando uma pazinha nesse montículo. Eu a observava sentada numa das caixas de suco, num lugar um pouco afastado.

Os pés que apareciam da bainha do macacão com elástico eram brancos e macios como um pedaço de manteiga. Qualquer coxa de criança chamava minha atenção: mesmo sendo escura e manchada, com erupções e ressecada, ou rechonchuda e com dobras. Geralmente as coxas de bebê são indefesas, chegam a ser eróticas, e apenas essa parte fica tensa e vívida como um ser vivo apartado do resto do corpo.

Rie pegava a terra com a pazinha da mão direita e a jogava no baldinho da mão esquerda. Repetiu esse movimento várias vezes, sem parar. Toda vez que a terra da pazinha caía na sua mão, Rie vinha andando com passos cambaleantes na minha direção. Suas perninhas transpunham de forma titubeante a fronteira entre o céu de um azul-claro e transparente e a sombra silenciosa.

— An, an, an — Rie emitiu o som de quem pede alguma coisa, estendendo sua mão suja de terra. Soprei a palma de sua mão, que nem estava tão suja, para remover a terra.

Todos os bebês da idade de Rie têm um cheiro peculiar. Parece uma mistura de cheiro áspero de fralda e cheiro viscoso de comida de bebê. Mas em Rie outro odor se acrescentava: o de manteiga fresca que dá azia, que se espalha quando rasgamos sua embalagem prateada.

Enquanto brincava com a terra, Rie vinha na minha direção a cada dois ou três minutos, para pedir que eu limpasse sua mão suja. Sua regularidade simples foi despertando cada vez mais meu sentimento cruel. Não era um sentimento repugnante que causava irritação; pelo contrário, continha até certo prazer. Nos últimos tempos eu era tomada por esse "sentimento cruel" com frequência. O cheiro peculiar de bebê despertou o "sentimento cruel" escondido em algum lugar entre minhas costelas. A leve dor que eu sentia nesse momento confortava o meu coração.

Quando Rie estava de costas, escondi-me sorrateiramente atrás da porta da cozinha. Ela logo ficou incomodada com a sujeira da terra, largou a pazinha e o baldinho no chão, e observou a palma das mãos, uma de cada vez. E se virou com o propósito de pedir a minha ajuda, já que eu deveria estar atrás dela. Ao perceber que não havia ninguém, que fora abandonada, começou a chorar seriamente, como se um botão tivesse sido acionado.

O choro violento, que até parecia romper alguma parte do seu corpo, satisfez meu "sentimento cruel". Desejei infinitamente que ela chorasse mais e mais, pois minha satisfação era maior nas ocasiões como a de hoje: sem ninguém para poder abraçar e consolar esse choro, eu podia saboreá-lo até me satisfazer por completo, sozinha, ainda mais por se tratar de um simples bebê que não consegue explicar a situação depois.

Quando nos tornamos adultos, todos encontramos um lugar para esconder nossos medos, inseguranças, solidões ou tristezas, mas as crianças os transformam em choro, sem disfarçar, e os espalham pelo mundo. Queria lamber as lágrimas do seu choro lentamente. Queria roçar com a língua a parte frágil do seu coração supurado para abrir ainda mais sua ferida.

O vento seco balançava os fios de cabelo emaranhados de Rie. A luz solar iluminava todo o céu, sem trégua, como se o tempo tivesse parado. Rie chorava copiosamente, quase sem respirar direito.

Quando por fim apareci de trás da porta, Rie chorou mais alto ainda e veio me abraçar, fazendo tremer suas coxas, que pareciam manteiga. Ao abraçá-la com força e pegá-la no colo, seu choro se transformou num grito que continha a ira de ter sido deixada sozinha, e ela encostou suas bochechas molhadas de lágrimas e secreção nasal em mim. O cheiro peculiar que só os bebês têm impregnou minha roupa.

Toda vez que uma criança pequena chora, ela se joga nos braços de alguém para ser envolvida num peito largo e confortável. Ela sabe, mesmo sem que ninguém ensine, que o abraço traz conforto e tranquilidade. Essa insolência infantil também despertava em mim um sentimento cruel.

Será que meu desejo de ser envolvida pelos músculos de Jun sobre a plataforma de salto tem relação com esse impulso insolente que até um bebê conhece?

Olhei para o grande vaso abandonado na divisa com o matagal ao lado. Era um vaso de cerâmica Bizen que antes decorava o corredor da Casa Hikari, mas, depois que apareceram rachaduras quando ele caiu no dia do terremoto, ficou abandonado aqui. Era um vaso grande e chegava até o peito de um adulto. Acariciando as costas ofegantes de Rie, caminhei até o vaso. Removi a madeira meio apodrecida que o tampava e, lentamente, depositei Rie dentro dele.

Queria ouvir mais choro de bebê. Queria saborear vários outros tipos de choro.

Rie encolheu as pernas como se tivesse uma convulsão e se agarrou nos meus braços. Estava com muito medo.

— Está tudo bem. Não precisa ter medo. — Assim dizendo, soltei os dedos finos de Rie.

O interior do vaso era úmido e gelado. Rie se debateu com violência, gritando e chorando, reunindo forças de todas as partes do corpo. Depois de colidirem na áspera parede interna do vaso, os gritos se agruparam numa linha que correu dentro do meu corpo, maleável como um aço inoxidável derretido. Segurei a borda do vaso com as mãos para que não caísse e, com calma, observei Rie se debatendo inutilmente na tentativa de sair.

Desde que nasci na Casa Hikari, não houve um dia sequer que não tenha ouvido o choro de alguém. Entre o som de brincar, de brigar, de rir ou de gritar, sempre ouvia alguém chorando. Esforcei-me muito para amar esse choro. Afinal, eu era uma órfã que ninguém queria adotar. Era a única órfã que não tinha a opção de deixar a Casa Hikari.

Em especial o choro amedrontado, como o de Rie hoje, me proporcionava satisfação. Era como se a palma da mão estivesse disposta bem no lugar onde queria ser acariciada. Não era uma palma sem consistência, vaga, mas uma palma da mão especial. Uma palma da mão um pouco gelada que me oferecia satisfação adequada.

Não se ouvia nada além do choro de Rie. Ela estendia o braço ao máximo para que eu a levantasse.

— Chore só mais um pouquinho — eu disse. Esse meu monólogo ficou confinado dentro do vaso. Ao pôr meu queixo na sua borda e observar os braços de Rie tremerem em vão, um sorriso secreto despontou nos meus lábios. Assim, fiquei saboreando o choro de Rie por muito tempo.

Nessa noite, depois de cair no sono, despertei de repente sem nenhum motivo. Não era uma noite quente e abafada nem tive um pesadelo. Minha mente estava lúcida como se eu nem estivesse dormindo. Era como se, em meio à treva ofuscada, meus sentidos brilhassem de forma vívida.

Fazia tanto silêncio que eu seria capaz de ouvir a respiração das crianças dormindo do outro lado da porta. Parecia que Reiko também dormia tranquila. Quando ela se virou, a cama rangeu pesadamente. Puxei o despertador da cabeceira: duas da manhã.

Tinha dormido menos de duas horas, mas sentia um frescor como se tivesse descansado o suficiente. Sentia-me capaz de resolver qualquer questão complexa de fórmula matemática ou de inglês. Não acreditava que faltavam tantas horas até o amanhecer.

Nesse momento, em meio ao silêncio que se expandia derretendo-se na treva, ouvi bem baixinho um barulho de água. Era um som límpido de gotas de água colidindo. Um som tão discreto que desapareceria se eu me distraísse só um pouquinho. Ao prestar atenção lembrando-me dos respingos de água pura, minha mente ficou ainda mais lúcida.

Saí da cama e olhei para fora da janela. Nenhum movimento. Tudo dormia: as árvores de ginkgo, os "Ensinamentos da semana", a corrente enferrujada do portão. Só o barulho distante de água vibrava em meu ouvido. Saí sorrateiramente do quarto seguindo o som.

Como a lâmpada fluorescente do patamar da escada estava acesa, o corredor se via um pouco mais claro do que o quarto. As portas dos quatro quartos das crianças estavam todas fechadas e silenciosas. O assoalho de madeira no qual a sola dos meus pés descalços grudava era frio.

Ao descer a escadaria, o barulho de água ficou ainda mais nítido. Fiquei parada na extremidade do corredor mais longo da Casa Hikari, que dava para o refeitório do subsolo. A escuridão seguia até o fundo do corredor, e só o meio era vagamente iluminado. O som vinha desse lugar. Logo percebi que era Jun.

Jun lavava suas sungas numa das quatro torneiras da pia, que ficava de frente para o banheiro.

— O que você está fazendo a essa hora da noite? — perguntei, olhando as mãos de Jun molhadas e cheias de espuma.

— Desculpe. Acordei você com o barulho da água?

Mesmo em plena escuridão da madrugada, as palavras que saíam de sua boca eram assustadoramente dóceis e vívidas. Ele não parecia estar com sono.

— Lavando as sungas no meio da noite, consigo me concentrar e pensar no salto com calma.

— Salto?

— É. No ritmo dos meus passos ao caminhar na plataforma, no momento de saltar, no ponto de entrar na água, essas coisas.

Jun não parou as mãos.

— Ao imaginar repetidas vezes a performance perfeita, tenho a sensação de que vou conseguir saltar exatamente como imaginei, quando fico de pé na plataforma.

Jun lavava as sungas com cuidado, esfregando-as no azulejo e virando-as. Fiquei apreciando a ponta dos seus dedos, que se moviam exaustivamente. "Por que Jun é sempre tão inocente e puro assim?", eu pensava quando estava com ele.

— Jun, você gosta mesmo de saltar, não é?

Não consegui pensar em outras palavras para dizer.

— Sim. Adoro.

A palavra "adoro" ecoou no meu íntimo e demorou para desaparecer. Se fosse dirigida só a mim, eu teria mais paz no meu coração, pensei.

— Quando eu salto, minha mente fica completamente vazia, pelo menos durante alguns décimos de segundo.

Sim, sem dúvida o momento mais bonito de Jun era depois que ele saltava da plataforma até chegar à superfície da água, quando estava no ar. Tudo dele — as palavras e os gestos gentis — caía envolvido pela beleza de seus músculos. "É por isso que sempre fico te olhando na piscina", murmurei dentro do meu coração.

Ambos estávamos de pijama, e nossa imagem estava refletida nos quatro espelhos sobre a pia. Parecia que só o ar à nossa volta respirava em toda a casa. Lá fora da janela e no final do corredor estava completamente escuro, e a luz se concentrava só aqui. Sentia que aquele era um momento especial nosso.

A parte da frente do pijama de Jun estava um pouco molhada com os respingos de água. Mesmo escondidas debaixo do pijama largo, eu conseguia imaginar facilmente as linhas dos seus músculos. Eu era uma criança que chorava sempre com medo de alguma coisa e queria que os músculos de Jun me abraçassem e me pegassem no colo.

— Vou te ajudar — falei alegremente. Se continuasse calada por mais tempo, sentia que seria esmagada pelos desejos que brotavam sem parar dentro de mim.

— Obrigado.

Abri a torneira ao lado da de Jun e enxaguei as sungas ensaboadas. Abri a torneira só um pouquinho porque, se fizesse um barulho muito alto, esse nosso momento especial poderia se romper. Eram cinco sungas no total, e a estampa de todas me era familiar: a primeira que havia adquirido quando entrou no clube de saltos ornamentais, a que comprara com a verba do clube no ano passado, para a competição interescolar, a que foi dada de presente por todas as crianças da Casa, no seu último aniversário. Sabia de onde tinha vindo cada uma.

Ao mergulhar minhas mãos na água ao lado de Jun, e sentindo sua respiração tão próxima, fiquei nostálgica. Talvez estivesse feliz por estar tocando numa peça que ele usava bem perto dos seus músculos. Lembrei-me da época em que eu era uma criança inocente, que brincava com ele sem pensar no significado especial do seu corpo.

— Você se lembra do dia em que a neve se acumulou neste corredor? — perguntei, olhando a espuma que corria pelo azulejo.

— A neve se acumulou? Neste corredor? — disse Jun, olhando meu perfil.

— É. Uns dez anos atrás. Eu tive um sonho excitante e despertei muito cedo. Quando olhei para fora da janela, vi muita neve amontoada. Tudo estava completamente branco, nunca tinha visto tanta neve antes. Ninguém do quarto das crianças tinha acordado. Saí da cama com vontade de gritar de alegria e desci a escada correndo. Aí vi este corredor completamente branco. De ponta a ponta.

— Sério? Aconteceu isso? Mas por que a neve veio parar dentro de casa?

— Havia uma fresta no telhado. A neve entrou como a chuva que vaza do telhado. Lembro até quando o homem do conserto veio depois que a neve derreteu e pregou uma tábua sobre o buraco. Você não está lembrando?

Jun negou com a cabeça.

— Mas tenho a sensação de que a cena é familiar.

— Tente lembrar — falei. — Seria uma pena esquecer aquela cena encantadora. Era uma imagem muito curiosa. Neve acumulada dentro de casa. Sem nenhuma pegada. A neve branca intacta brilhava como se fosse cristal.

Torci com força a primeira sunga enxaguada e a botei na frente do espelho. Jun me passou a segunda sunga ensaboada.

— Fiquei tão assustada e comovida que não sabia o que fazer e estanquei na ponta do corredor. Estava tudo silencioso.

Senti como se fosse a única pessoa acordada no mundo. Mas não estava sozinha. Havia mais alguém observando a cena inacreditável da neve no corredor.

— Quem?

Senti a voz e o olhar dele no meu ombro.

— Você, Jun. Eu não tinha percebido, mas você estava atrás de mim. Com a cara de quem estava ali desde muito antes. Você usava um pijama azul com desenho de ursinho e abelha.

Jun parou o movimento das mãos por um tempo e disse:

— E você usava pijama de bolinhas, Aya.

— Sim. Estávamos de pé, sozinhos, de pijama. Como hoje.

Pendurei a segunda sunga torcida na frente do espelho. A lembrança da sensação gelada e macia da neve voltou a partir da sola dos meus pés. Naquele dia também tivemos nosso momento especial. Parecia que estávamos dentro de um sonho distante da realidade, mas minha sensação ao tocar na neve e brincar com Jun estava aguçada. Eu me sentia feliz por estarmos só nós dois confinados num lugar especial. Talvez por ser bem mais nova do que hoje, minha felicidade fosse ainda maior. Naquela época eu ainda não conhecia a tristeza nem a dor no coração.

— Foi você quem disse para pularmos na neve. Eu dei uns passos para trás, com medo, mas você disse "está tudo bem, vai ser legal", e se jogou na neve com os braços e as pernas abertas. Aí o formato do seu corpo ficou marcado nitidamente na neve. Rimos muito. Baixinho, para não acabarmos com nossa diversão secreta. Você empurrou minhas costas e eu também caí na neve. Não doeu nem um pouco, mas a neve entrou nos meus olhos.

— Aquele dia foi bem divertido, né?

— Foi, sim.

Jun falou como se um dia divertido como aquele nunca mais pudesse se repetir. Ele estava certo. Era bem difícil imaginar a transformação que ocorreria na nossa relação de agora em diante. Quando eu pensava no futuro, sempre sentia um aperto no coração.

Era pouco provável que chegasse um dia, dali a dez anos, em que falaríamos com saudades: lembra-se daquele dia em que lavamos as sungas no meio da noite? Todas as crianças da Casa Hikari vão embora uma após a outra e me deixam aqui. Despedi-me de um incontável número delas da janela do meu quarto. Elas se vão com roupas novas, protegidas por uma família nova, e desaparecem na esquina dos "Ensinamentos da semana". As costas que desaparecem podiam ser as de Jun a qualquer momento. Por isso queria me sentir feliz agora pelo fato de podermos lembrar-nos de uma cena em comum.

Lavei as sungas com o máximo de cuidado, com empenho, como se assim lavasse o sentimento cruel que provocara o choro de Rie durante o dia. Quando estava com Jun, tinha de fingir que era pura e inocente como no dia em que me emocionei diante da neve acumulada no corredor. Porque provavelmente Jun só pularia dentro da água pura. Porque queria que Jun me penetrasse sem produzir respingos.

Quando terminamos de falar das lembranças daquela manhã de neve, não tínhamos mais assunto. O som do tempo que caía entre nós dois foi substituído pelo som da água, que continuou tênue até o fim da noite.

O frescor da primavera passou num piscar de olhos e, quando me dei conta, chovia todos os dias. A chuva fina como o bater de asas de um inseto molhava as plantas da Casa Hikari. Sob essa chuva melancólica que parecia parar, mas não parava, os dias se arrastavam. Na escola, eu passava a maior parte do tempo distraída e conseguia sorrir com alegria como se despertasse apenas quando avistava Jun na biblioteca ou na cantina. Quando as aulas terminavam, eu ia direto para o parque esportivo onde ficava a piscina de saltos ornamentais. Sentia que minhas várias sensações só eram ativadas quando me sentava na arquibancada da piscina.

A vida na Casa Hikari era tão monótona que me dava mal-estar. A agitação das crianças em toda parte, o jantar com a verborragia empolgada da minha mãe, a gorda da Reiko na cama de cima do beliche.

Depois que começou a chover, várias coisas da cozinha e da sala de jantar, no subsolo da Casa Hikari, ficaram mofadas. O pão da merenda escolar que alguém deixou por ali mofou no dia seguinte, e, na torta de maçã preparada por uma das cuidadoras, apareceu um mofo branco no terceiro dia. Esses alimentos grotescos que foram jogados no balde plástico de lixo orgânico me provocaram mais sentimentos cruéis. "Se eu prender Rie nesse balde de lixo, ela irá chorar de medo como da outra vez? Irá chorar muito, ficará encharcada de lágrimas, suor e secreção nasal, e depois de algum tempo um mofo parecido com penugem tingida de corante irá se espalhar pela sua coxa macia?" Toda vez que via o balde plástico do subsolo, imaginava o mofo na coxa de Rie.

Na tarde de domingo, eu estava na sala de brinquedos. Três crianças pequenas demais para frequentarem o jardim de infância se entretinham com os brinquedos ali espalhados. Rie era uma delas.

Um tufão fora de época tinha acabado de passar e atravessara o mar do Japão; não chovia, mas o vento era forte.

Sentei-me na cadeira perto da janela e fiquei ouvindo o som do vento.

Começou uma briga por causa de um brinquedo, e Rie desatou a chorar. Afastei-me da janela e a peguei no colo. Aos soluços, a menina enfiou os dedos entre os botões da minha blusa. Quando chorava ou queria atenção, ela procurava o peito com seus dedos frágeis.

— Hoje vocês não podem brincar fora — falei para as duas crianças que ficaram na sala. — Vão ser carregadas pelo vento.

Voltei ao meu quarto com Rie. Reiko tinha ido visitar seus pais no hospital psiquiátrico, que ficava a três horas de trem. O humor de Rie melhorou, e ela tentou puxar as fitas cassete de inglês que Reiko empilhava sobre a escrivaninha, um galhardete que era lembrança de uma excursão escolar e uma lanterna sem pilhas. "Será que ela já se esqueceu de que chorou aos berros ao ser enfiada dentro do vaso, no pátio dos fundos?", pensei olhando as costas de Rie.

Todas as plantas que cercavam a Casa Hikari se chocavam com violência e produziam um som pesado. O ruído do vento que soprava aqui parecia mais forte porque o verde era mais denso. A cortina de vento cobria toda a Casa Hikari.

Rie estava com a metade do corpo enfiada debaixo da escrivaninha e lambia cada objeto que encontrava, segurando-os na mão. As coxas que lembravam manteiga estavam coladas no chão. Eu sempre observava os bebês daquela idade com os olhos de quem vê um bicho especial. Observava como quem olha um animal raro no zoológico. Tinha vontade de cuidar, de dar carinho, mas não sabia direito como. Diferentemente do corpo de Jun sobre a plataforma de salto que me dava um prazer quase inconsciente, um bebê ou um animal raro congelavam meu coração.

Percebi que, na gaveta da minha escrivaninha meio aberta, despontava uma pequena caixa branca de papel. Era a caixa de um profiterole que eu tinha comprado quatro ou cinco dias atrás. Nesse dia também caía uma chuva fina desde a manhã. O parque esportivo, cercado por uma fileira de álamos, estava escuro, envolto por um véu de chuva. Eu caminhava pensando nos saltos que Jun treinava nesse dia e no seu grau de dificuldade. Não havia ninguém nem no campo de futebol, nem no de beisebol, e só se ouvia o barulho dos carros que passavam atrás dos álamos.

Ao atravessar o cruzamento depois de sair do parque, vi que uma nova confeitaria havia sido inaugurada. A parede e o teto eram de vidro, e ela lembrava uma estufa. O vidro era transparente, e viam-se nitidamente os detalhes da cozinha ao fundo, atrás da prateleira: os botões do fogão, os sacos de confeitar e até uma espátula de decorar bolos. A entrada estava enfeitada com flores em homenagem à inauguração.

Nem sei por que resolvi entrar. Não estava com muita fome. Sob a chuva cinzenta que pairava como fumaça, só esse lugar estava transparente e brilhante, e não consegui tirar os olhos de lá, talvez porque tenha me lembrado da superfície cintilante da piscina de saltos ornamentais.

O interior da confeitaria era muito iluminado. Não havia outro freguês além de mim. Já devia se aproximar o horário de fechar, porque a prateleira de vidro estava praticamente vazia. Ela também brilhava de forma impecável.

Todos os doces pareciam artesanatos sofisticados de papel. Eu me curvei e observei cada um deles. Uma atendente jovem que usava avental de babados aguardava meu pedido sorrindo. Apontei para os últimos três modestos profiteroles escondidos no canto esquerdo.

— Quero esses. Todos os três.

A moça do avental de babados pôs os três profiteroles numa caixa com cuidado, embrulhou-a com papel, colou o selo da loja e fez um laço.

Foi difícil andar com o guarda-chuva aberto e carregar a pequena caixa da confeitaria, além da mochila escolar. Durante todo o trajeto de volta, não consegui tirá-la da minha cabeça.

Resolvi compartilhar os profiteroles com Reiko e cada uma pegou um. Depois de agradecer com palavras extremamente polidas, ela comeu o doce na cama de cima. O terceiro ficou na caixa, guardada na última gaveta da minha escrivaninha.

Toda vez que eu abria essa gaveta via, junto a um esquadro, um grampeador e um maço de folhas impressas, a caixinha branca fora de lugar. Mas tinha me esquecido completamente do doce.

Peguei a caixa com cuidado, como se manuseasse um objeto frágil. Fiz força na ponta dos dedos, mas o doce era muito leve. Abri a caixa imaginando um mofo nojento de cor berrante, mas aparentemente o profiterole estava normal: continuava redondo e com uma elegante cor dourada.

— Venha, Rie. Quero te dar uma coisa.

Rie se virou e, quando viu o que havia dentro da caixa branca, veio ao meu colo com sua empolgação inocente.

Quando parti o doce ao meio, percebi que não estava normal. Não tinha mais o cheiro doce de ovo, açúcar e leite, e sim um odor azedo de toranja verde. Quando Rie enfiou seus lábios dentro do creme, o odor azedo se espalhou pelo quarto. Fiquei enjoada só com o cheiro, mas os lábios e a língua inocentes de Rie devoraram o profiterole aos poucos. Essa sua ânsia me causou uma dolorosa sensação agradável.

— Está gostoso?

Minha voz se misturou ao som do vento e desapareceu.

Amassei a metade do doce junto com a caixa branca e joguei tudo no balde plástico do subsolo.

O vento não cessou mesmo à noite, que estava quente e abafada, e eu não consegui pegar no sono. Quando quase dormia, o calor desconfortável logo me arrancava do sono. Ao abrir a janela, o vento úmido e pesado grudou em mim, e comecei a suar mais ainda. Depois que voltou do hospital psiquiátrico, Reiko comeu três ou quatro chocolates importados, presentes dos seus pais, e logo dormiu sem ao menos escovar os dentes. Sua respiração doce me tirava ainda mais o sono.

Não sei quanto tempo se passou. Quando pensei em olhar o despertador, ouvi no corredor passos de adulto. A porta de um dos quartos se abriu e se fechou, e ouvi murmúrios de preocupação. Chutei a colcha úmida de suor e desabotoei mais um botão do pijama. Tentei ouvir o que as vozes diziam enquanto observava as traves da cama de cima. Já tinha perdido completamente o sono, e minha mente estava cada vez mais desperta.

Depois de um tempo, comecei a ouvir a voz da minha mãe entre os murmúrios. Enquanto as outras vozes eram abafadas e contidas, a da minha mãe era aguda, agitada e com ar de autossatisfação. Graças à sua voz que sempre me irritava, entendi o que se passava.

Lembrei-me da maciez da metade do doce que amassara junto com a caixinha branca e da imagem dele sendo assimilado pelos grotescos alimentos dentro do balde plástico, cenas que, para mim, não passavam de um sonho antigo.

Era uma lembrança distante e vaga que eu podia esquecer a qualquer momento.

Mas a agitação do lado de fora foi aumentando a ponto de ser impossível ignorá-la. Até Reiko, que tinha um sono profundo, acordou e inclinou o corpo para mim.

— O que está acontecendo?

Ignorei a voz de Reiko e me levantei da cama. Várias partes do meu corpo estavam tensas. Por causa das longas horas que tentara dormir em vão, senti que estava exausta.

Ao abrir a porta do quarto, vi que todas as lâmpadas do corredor estavam acesas e a luz era ofuscante. Meus olhos doeram e não consegui abri-los por um tempo.

— Aya, Aya, aconteceu uma coisa terrível — disse minha mãe. — Rie está doente. Ela vomitou a noite toda, teve diarreia, está fraquinha. Tem febre alta, os lábios estão ressecados e surgiram erupções esquisitas na pele. Não sabemos o que aconteceu. Achei melhor chamarmos uma ambulância, mas seu pai disse para chamarmos o doutor Nishizaki da Clínica Nishizaki, aquela em frente à estação. Como ele é membro da nossa igreja, Deus vai proteger Rie, segundo seu pai. Eles estão ligando para o médico agora. Que coisa, acontecer uma coisa dessas no meio da noite. Só nos resta orar a Deus, não é?

Minha mãe disse tudo isso de uma só vez, pressionando o peito do seu pijama gasto com as mãos. A cuidadora do turno da noite e os funcionários que moravam na Casa Hikari estavam todos de pé, em torno da minha mãe, mostrando uma expressão de languidez por causa do sono misturado com preocupação. A excitação de sua voz e respiração parecia passar dos limites e até soou animada. "Por que você me explica em detalhes o que eu nem perguntei? Não precisa me explicar porque eu já sei", pensei, pressionando com a mão o canto interno dos olhos, que doía.

Nessa hora, Jun subiu a escadaria.

— Conseguimos falar com o doutor Nishizaki — informou. — Ele disse para levarmos Rie agora mesmo.

Jun entrou no quarto das crianças e saiu carregando Rie no colo. Dentro dos braços de Jun, Rie estava mole como um pano de limpeza úmido. Tinha manchas rosa-claro nas bochechas, nas mãos e nas coxas. Era como se os órgãos internos de Rie tivessem apodrecido por causa do doce podre, produzindo um mofo cor-de-rosa.

Jun desceu a escadaria com ela no colo, e todos seguiram atrás. Na frente da porta, meu pai aguardava no carro com o motor ligado. Jun entrou no carro carregando Rie.

Eu me preocupava com Jun dezenas de vezes mais do que com Rie. Não conseguia tirar os olhos dos movimentos sinceros, assertivos e dinâmicos de Jun. Rie estava doente por minha culpa, mas eu não fazia nada, só permanecia parada, atônita, enquanto Jun envolvia Rie carinhosamente com seus braços fortes. Esse fato me deu um aperto no coração. Senti um carinho desesperador pela pureza de Jun.

Toda vez que acontecia algo inesperado — quando eu caí no rio, quando pegou fogo na cozinha, quando o guarda-louças caiu por causa do terremoto —, era sempre Jun quem achava a melhor solução e tranquilizava todos. "Como ele pode ser tão gentil?" — Quando pensava nisso, eu sentia uma tristeza no coração.

O barulho do motor se fez ouvir em meio ao vento noturno.

— Me avisem assim que souberem de alguma coisa — gritou minha mãe. — Vou esperar na frente do telefone. Se ela precisar de internação, terei de fazer os preparativos. Por isso me liguem assim que souberem, está bem, querido? Você também, Jun.

Mesmo depois que o carro partiu, minha mãe continuou gritando. As outras pessoas voltaram para seus quartos em silêncio.

— Tomara que não seja nada grave — disse minha mãe.

Como eu queria pensar em Jun no meio do vento noturno, com calma, só assenti com a cabeça de forma vaga e não disse nada.

Voltei novamente à piscina de saltos ornamentais. Depois de saciada com a minha crueldade, sentia ainda mais falta da piscina. Tinha a impressão de que o brilho das ondas que se reflete no vidro do teto, o cheiro de água pura e, acima de tudo, o corpo molhado de Jun lavavam e purificavam meu sentimento cruel. "Quero me tornar tão pura quanto Jun pelo menos por um instante, é isso que eu desejo."

Aconteceu que Rie teve de ser internada naquela mesma noite. Depois de vomitar tudo o que tinha no estômago, continuou dormindo por dois dias, como uma múmia. Ouvindo a explicação minuciosa da minha mãe, que frequentava a clínica para cuidar dela, pensei: então não deve ter restado nem sombra daquele doce.

E se Rie tivesse morrido, o que eu faria? Como tentaria explicar o que tinha feito? Não sabia. Não fazia a menor ideia de onde vinha essa crueldade. Por isso, mesmo vendo Rie tão debilitada e doente, nem me lembrei de sentir remorso; apenas fiquei observando os braços, o peito e as costas de Jun.

O interior da piscina de saltos ornamentais continuava quente. Era preenchido pelo barulho da água e pela voz das pessoas, que se misturavam como névoa. Não havia ninguém além de mim na arquibancada. A piscina de competição ao lado e a piscina para crianças depois da de natação estavam bem mais cheias. Na piscina de saltos ornamentais só se ouviam os choques curtos da água sendo rasgada pelos atletas que saltavam um em seguida do outro.

A sunga de Jun era azul-marinho, com o brasão da escola costurado na cintura. Era uma das sungas que nós dois tínhamos lavado, enquanto nos lembrávamos da manhã em que a neve se acumulara no corredor. Ela já tinha absorvido água da piscina o suficiente e estava colada à cintura de Jun. Como sempre fazia, quando chegou à extremidade da plataforma de salto, Jun tocou na faixa dos pulsos com as mãos. E decidiu a posição dos pés, gastando tempo suficiente.

— Duplo e meio mortal para trás carpado.

Um belo salto. O corpo penetrou na água ereto, na perpendicular, e praticamente não houve respingos. Depois que subiram algumas borbulhas, a superfície da água logo se acalmou.

Eu gostava mais de carpado, em vez de parafuso ou grupado: o corpo dobrado na cintura, com as pernas completamente esticadas até a ponta das unhas e os músculos de todo o corpo bastante tensos. Era um belo formato. Gostava também do jeito delicado que a testa de Jun tocava na canela, de leve, e a palma das mãos que envolvia a parte posterior dos joelhos.

Quando as pernas de Jun caíam fazendo um círculo perfeito no ar, como se fossem um compasso, eu conseguia sentir seu corpo dentro do meu, ele caía acariciando meu interior. Nesse momento estávamos bem juntos, sentindo mais calor e tranquilidade do que se ficássemos abraçados firmemente. Apesar de nunca ter sido envolvida nos braços de Jun, eu tinha certeza disso.

Soltei um grande suspiro e descruzei e cruzei as pernas. Os outros membros do clube saltaram um em seguida do outro, e, nos intervalos entre os saltos, a instrução do técnico ecoou do alto-falante. Na piscina de competição, os membros do clube de natação nadavam diligentemente. As alunas que eram assistentes estavam de pé no bloco de partida e calculavam o tempo da volta com cronômetro. Todos trabalhavam arduamente, sem descansar. Eu era a única que não fazia nada.

Nesse lugar, eu só proporcionava prazer a mim mesma.

Saí da piscina de saltos ornamentais, passei pelo corredor do vestiário e, quando cheguei ao saguão onde havia as máquinas de venda automática, percebi que chovia. Na arquibancada, não notara a chuva lá fora por causa do barulho de água da piscina. Como o dia todo esteve iluminado por uma fraca luz solar, fiquei surpresa com a rápida mudança de tempo. Não era uma chuva qualquer: era tão intensa que parecia uma cortina cobrindo todo o parque esportivo. A fileira de álamos, a tabela de pontuação do campo de beisebol, o gramado do campo de futebol, tudo estava embaçado, tingido de cor da chuva. No chão, grandes respingos saltavam como se fossem água da fonte.

Sem saber o que fazer, fiquei na frente da porta automática. Por mais que eu corresse, levaria cinco minutos até a estação e, com essa chuva, ficaria encharcada em cinco segundos. Desanimava ao pensar em pegar o trem lotado com o uniforme encharcado.

O sofá do saguão estava lotado de pessoas que observavam a chuva, sem poder fazer nada. Alguns grupos chamavam táxis pelo orelhão.

Sem outra alternativa, passei pela porta automática e saí. Senti cheiro de chuva, ou melhor, cheiro da terra molhada de chuva. Sentei-me num dos degraus sob o beiral. Os respingos que saltavam do chão molhavam de vez em quando minhas meias.

Jun deveria estar na reunião à beira da piscina ou tomando banho. Eu não tinha certeza de que a chuva pararia até ele sair. Se ele me visse sentada aqui, com que cara deveria encará-lo? Ele provavelmente sairia renovado depois de realizar os treinos de saltos ornamentais que adorava, com grande dedicação, como sempre. Quanto a mim, ainda estava com os fragmentos do choro e das erupções rosa-claro de Rie que não consegui limpar por completo mesmo com a água da piscina.

Decidi me lançar com ímpeto na chuva. Foi então que ouvi alguém chamar meu nome.

— Aya! — A voz de Jun me deteve.

Ao me virar, Jun me olhava de um degrau mais alto. Sua fisionomia estava renovada exatamente como eu imaginava, e não consegui pensar em nada para dizer.

— Que chuva forte — disse Jun desviando os olhos de mim e olhando para longe.

— É, né.

Ficamos lado a lado no degrau e observamos a chuva em silêncio. Como o degrau era estreito, tínhamos de nos encostar para não nos molharmos. A bolsa esportiva de plástico que Jun segurava acariciou minhas pernas sob a saia.

Como ele não me perguntou antes de tudo o que eu fazia ali, eu me senti perdoada e um tanto aliviada. A chuva se intensificou ainda mais, e não conseguia ver nada além dela.

— E os outros? — perguntei, olhando para a frente. Não consegui virar meu rosto para Jun, porque estávamos perto demais.

— Pegaram carona com o técnico — disse Jun, sem desviar os olhos da chuva.

— Por que você não foi junto?

—· Porque eu te vi.

— Ah...

Para ser sincera, queria agradecer, pedir desculpas, mas, por alguma razão, as palavras que saíram eram práticas e sem graça.

— Você tem guarda-chuva? — perguntei.

Jun balançou a cabeça.

— Com esse temporal, não ia adiantar ter um guarda-chuva. É raro chover tão forte assim. Vamos ficar aqui mais um pouco.

Essas palavras, *Vamos ficar aqui*, penetraram em mim e as saboreei com calma. Senti que elas se transformaram e ecoaram como se ele tivesse dito: quero ficar aqui, quero ficar com você.

Um táxi parou na frente do prédio, movendo freneticamente o limpador de para-brisa. Um grupo de quatro ou cinco pessoas — crianças que provavelmente saíram da aula de natação e suas mães — saiu correndo da porta automática do prédio e entrou no automóvel. Os passos apressados deles e o ruído do motor foram abafados pelo som da chuva. Só a respiração de Jun e o trovão que retumbava ao longe chegavam aos meus ouvidos passando pelas frestas da chuva.

Pequenos raios de luz apareciam de vez em quando na divisa entre a fileira de álamos e o céu, e, nessas horas, olhávamos para a direção dos raios soltando pequenos gritos. Não era um relâmpago violento, e sim uma luz bonita e efêmera. Observando a fileira de álamos, aguardávamos ansiosos para ver sobre qual árvore cairia o raio seguinte, como se assistíssemos a fogos de artifício.

O ombro direito de Jun estava molhado de respingos, e a camisa branca do uniforme, colada na curva do seu ombro. Mas, sem ao menos notar, Jun procurava os raios com o entusiasmo de uma criança.

Quando eu estava com ele, lembrava-me com frequência da nossa infância. Lembrava-me várias vezes das diversas ocasiões em que tínhamos ficado a sós na Casa Hikari: do dia em que ele tomou o leite da figueira, ou da manhã em que brincamos na neve acumulada no corredor. Nessas ocasiões, quem estava ao meu lado era o Jun que só eu conhecia. Como cartas importantes reunidas em maço, eu reunia expressões de Jun que nem os colegas da escola, nem os membros do clube de saltos ornamentais, nem as crianças da Casa Hikari conheciam. Às vezes retirava os papéis de carta desse maço, abria-os com cuidado para não os rasgar e os observava.

Mas o tempo passou, e as cartas em minha posse foram ficando cada vez mais desgastadas. Em determinado momento, os envelopes novos deixaram de aumentar. Será que isso se deu quando Jun e eu deixamos de ser crianças? Nesse caso, foi desde que passei a sentir um aperto no coração, como o que sinto agora, só de pensar em Jun.

À medida que o trovejar se distanciou, os raios também foram ficando mais fracos. Mas a chuva não diminuiu de intensidade. A camisa de Jun, antes molhada só no ombro, agora estava encharcada também no braço. Eu me preocupava muito com o braço direito dele, que poderia estar gelado.

— Vamos entrar — eu disse, puxando seu cotovelo.

Depois de verificar o último raio, Jun assentiu.

Atravessamos o saguão e voltamos para a piscina de saltos ornamentais. Ninguém mais saltava. Alguns funcionários da piscina, de camiseta e sunga, limpavam a plataforma de salto, as pranchas de natação e a beira da piscina com um esfregão. Metade das luzes estava apagada, e a atmosfera era muito diferente da piscina de saltos ornamentais que eu conhecia. Ali dentro parecia que era mais tarde que lá fora, onde chovia. Estávamos encostados no corrimão do último degrau da arquibancada, e lá, diante do nosso olhar, balançava a superfície de água escura.

— Que estranho — falei, olhando o perfil de Jun.

— O quê? — perguntou Jun, olhando para mim.

— Sempre fico aqui sozinha. Fico sentada aqui, na arquibancada, enquanto você está na plataforma de salto, e não conheço mais ninguém. Mas hoje você está aqui comigo.

— Você sempre via meu treino? — perguntou ele.

Como falou de forma calorosa, demonstrando gratidão, assenti com sinceridade.

"Sempre. Na hora de cair, você me acaricia por dentro com seus músculos."

Murmurei para mim mesma as palavras que jamais poderiam ser expressas.

— Depois das aulas vinha direto para cá e ficava te olhando em silêncio. Não me lembrava de mais nada para fazer. Não produzo nada, não transpiro, não me canso. Pareço uma idosa inútil, não acha?

— Não seja tão dura consigo mesma. Você só está procurando o que quer fazer. Está insegura.

— Você acha?

— Acho — disse Jun, acenando com a cabeça.

Não tinha certeza de estar mesmo insegura. Mas, como Jun parecia estar certo disso, meu coração não ficou perturbado. Com a mente tranquila, pensei no que eu queria fazer agora. O que eu queria fazer parecia ser bastante claro, mas, na verdade, era algo muito vago.

Fazer Rie chorar e observar os músculos molhados de Jun. Era só isso. Só essas duas coisas confortavam meu coração. Era bastante claro para mim, mas eu não conseguia explicar para ninguém, nem mesmo para Jun, naturalmente.

O barulho do esfregão limpando o chão ecoava pelo recinto. Pelo jeito haviam tirado a tampa do ralo da piscina, pois, quando percebi, o nível da água baixara muito. O desenho da parte interna da piscina, escondido pela água até agora, começou a surgir.

— Parece que você não fica inseguro, Jun — falei, chutando de leve minha mochila escolar no chão.

— Quando eu salto, não tenho tempo de ficar inseguro — disse Jun, segurando o corrimão com as duas mãos, balançando o corpo como se fizesse exercícios de barra. — Como meu nascimento em si foi bastante distorcido, quero cair reto e sem hesitar, pelo menos quando fico de pé na plataforma.

Observava os dedos fortes de Jun segurando o corrimão.

— Você tem raiva dos seus pais verdadeiros?

— Não, não posso ficar com raiva de pessoas que nem conheço — respondeu, depois de um tempo.

Senti um aperto no coração como se tivesse acabado de descobrir que Jun era órfão. Por mais que ele se esforce para ser atencioso com as pessoas, por mais que seu salto seja bonito, perfeito e sem respingos, não muda o fato de que ele é um órfão, e isso me entristece. Queria aquecer com minha respiração o ombro direito de Jun molhado de chuva.

Ao olhar para o teto, a chuva batia no vidro. Os funcionários limpavam o fundo da piscina que já estava completamente vazia. A piscina de saltos ornamentais era mais funda e ampla do que eu imaginava. Todas as lâmpadas da arquibancada estavam apagadas, e somente a luz fraca que vinha da piscina iluminava o nosso entorno. Parecia que caíamos cada vez mais no fundo da noite.

Falamos de assuntos aleatórios: aulas de reforço de matemática, preparativos para a excursão escolar, assembleia dos alunos. De vez em quando olhávamos o vidro do teto para ver a chuva. Era como se ela diminuísse aos poucos.

— Quando será que Rie vai ter alta? — O nome de Rie, que Jun disse tão naturalmente, em meio a vários assuntos aleatórios, espetou meus ouvidos como uma espinha.

— Pois é, quando será?

Lembrei-me das imagens de quando fomos visitá-la no hospital: dos desenhos de giz de cera na parede da ala infantil, de um Mickey Mouse de pelúcia na cabeceira da cama e de Rie abatida, coberta por um lençol enrugado.

— Foi você, não foi? — disse Jun de forma casual, sem mudar de tom.

— O quê? — perguntei, sem entender o que ele queria dizer.

— Foi você quem deixou Rie doente, não foi? — repetiu ele no mesmo tom.

O que Jun quis dizer penetrou no meu corpo como uma imagem em câmera lenta. Nem a expressão do seu rosto, nem seus gestos me julgavam. No entanto, percebi que meu sentimento congelava rapidamente.

— Você sabia? — perguntei em voz fria e rouca.

— Sabia.

— Como?

— Eu sempre te olhava.

Podia ser uma declaração de amor sincera, de tirar o fôlego e, ao mesmo tempo, podiam ser palavras de despedida sem volta.

— Eu sabia o que você andava fazendo havia algum tempo — disse Jun, olhando o fundo da piscina. — Rie é uma pobre criança, a mãe dela é retardada e teve Rie no banheiro.

A voz de Jun era grave e fria.

Se Jun me criticasse mais severamente, talvez eu pudesse me justificar. Mas ele revelou meu segredo como quem confessa seu amor. Por isso não consegui falar nada e apenas ouvia as batidas do meu coração.

Não queria que ele falasse mais nada. Minha tristeza só aumentaria. O choro de Rie que ainda ecoava nos meus ouvidos despedaçou os músculos de Jun que brilhavam envolvidos por gotas d'água. Senti uma tontura como se fosse cair na piscina de saltos ornamentais sem água, e a paisagem ficou distorcida.

Instantes silenciosos foram passando entre nós dois. O corrimão da arquibancada em que nos encontrávamos encostados já estava completamente quente.

— Queiram nos desculpar, mas já vamos fechar a piscina — disse, lá do fundo, um dos funcionários que fazia a limpeza.

Foi só então que a paisagem voltou ao normal.

— Está bem! — respondeu Jun em voz alta. — Tomara que tenha parado de chover — acrescentou, olhando o vidro do teto.

Encarando o contorno do seu perfil, pensei que não podia mais esperar nada dele: ser acariciada com carinho, ser envolvida, ser aquecida, nada. Ele provavelmente não vai pular dentro da minha piscina, agora turva por causa do choro de uma pequena órfã. Remorsos tranquilos mas incessantes como onda se aproximaram de mim.

— Então vamos?

A palma da mão de Jun tocou meu ombro.

— Para onde? — perguntei.

Senti um calor no ombro que chegou a doer.

— Para a Casa Hikari.

Sua voz foi transmitida pela mão disposta no meu ombro. Eu assenti, encarando o fato de termos de voltar para o mesmo lugar como um ato de crueldade.

Diário de gravidez

29 de dezembro (segunda-feira)

Minha irmã foi à Clínica M.

Como ela quase nunca procurava médicos, com exceção do doutor Nikaido, estava muito ansiosa por causa da consulta. Dizia coisas do tipo: "Que roupa devo vestir? Não faço a menor ideia", "Será que conseguirei me expressar direito na frente de um médico que vou encontrar pela primeira vez?", e foi postergando a visita, até que chegou o último dia de atendimento disponível no ano.

— Quantos meses do gráfico da temperatura basal será que devo mostrar para o médico? — perguntou ela esta manhã, olhando vagamente para mim. E demorou a se levantar da mesa ainda posta com o que sobrara do café da manhã.

— Por que não mostra tudo que você tem? — sugeri.

— Mas são dois anos completos, vinte e quatro folhas! — disse minha irmã num tom agudo, girando a colher dentro do pote de iogurte. — De tudo isso, o que importa é a temperatura de alguns dias. Eu acho que só a folha de dezembro já é suficiente.

— Mas você teve tanto trabalho, mediu durante dois anos!

— Quando imagino a cena do médico folheando as vinte e quatro folhas do gráfico, na minha frente, me sinto horrível. É como se alguém me espionasse, como se visse cada procedimento que foi tomado até eu engravidar.

Ela observou o iogurte grudado na ponta da colher. Escorria devagar, com um brilho branco e opaco.

— Você está exagerando. Gráficos da temperatura basal são apenas dados. — Assim dizendo, tampei o pote de iogurte e o guardei na geladeira.

No final, minha irmã decidiu levar todos os gráficos que tinha. O problema foi juntar as vinte e quatro folhas.

Ela media a temperatura basal toda manhã, de forma metódica, mas, por alguma razão, era desleixada em organizar os gráficos. As folhas que deveriam estar no quarto apareciam inexplicavelmente dentro do revisteiro ou sobre a mesinha de telefone. No dia a dia, quando a gente menos esperava, via aqueles picos do gráfico de linhas. Pensando bem, era muito estranho especular: "Ah, ela ovulou nesse dia", "O período de temperatura baixa foi mais longo esse mês", folheando o jornal ou falando ao telefone.

Depois de procurar pela casa inteira, ela conseguiu achar todas as vinte e quatro folhas do gráfico.

Ela optara pela Clínica M por uma razão sentimental. Eu tinha sugerido algum hospital maior, mais bem equipado, mas ela disse:

— Desde criança, eu já tinha decidido que, se um dia fosse ter um bebê, o teria na Clínica M. — E não mudou de ideia.

A Clínica M era uma pequena maternidade particular que funcionava no mesmo endereço desde a época do nosso avô. Costumávamos brincar escondidas em seu pátio interno. Era uma construção antiga de três andares em madeira que, vista da entrada principal, parecia sombria, com musgo no muro, as inscrições das placas quase apagadas e vidros embaçados. Mas, quando entrávamos pelos fundos, encontrávamos o pátio interno bastante iluminado, com abundante luz solar. Esse contraste sempre nos causava uma sensação de surpresa.

O pátio era coberto por um gramado bem cuidado, e costumávamos brincar rolando sobre ele. Nessa hora, o verde da grama pontuda e o brilho da luz solar se intercalavam diante da minha visão, misturavam-se aos poucos no fundo dos olhos e se transformavam num límpido azul. Então o céu, o vento e o chão pareciam se afastar do meu corpo, e eu tinha a sensação de flutuar. Eu amava esse momento.

Mas a brincadeira que mais encantava a mim e à minha irmã mais velha era espiar o interior da clínica. Subíamos em caixas de gaze e algodão esterilizados abandonadas no canto do pátio e espiávamos o interior da sala de consultas por uma das janelas.

— Se nos pegarem fazendo isso, vamos levar uma bronca — disse certa vez à minha irmã.

Eu era mais medrosa que ela.

— Não se preocupe. Somos crianças, não vão nos dar uma bronca tão dura — minimizou minha irmã calmamente, limpando com o punho da blusa o vidro embaçado pela respiração.

Ao aproximar o nariz da janela, senti o cheiro da tinta branca. Esse cheiro que causava uma leve dor no interior do nariz ficou fortemente ligado à Clínica M, e não me esqueci dele mesmo depois de adulta. Quando sentia algum cheiro de tinta, sempre me lembrava da Clínica M.

Como a sala de consultas era silenciosa e deserta antes do início do expediente vespertino, podíamos observar com calma cada detalhe.

Os diversos tipos de frascos com a boca larga dispostos sobre a bandeja elíptica eram especialmente místicos. Sua tampa de vidro era só de encaixar — não era uma tampa de atarraxar nem de rosquear —, e eu sentia muita vontade de tirar essas tampas com minhas próprias mãos. Todos os frascos apresentavam uma coloração opaca: marrom, roxa ou vermelho-escura, e o líquido em seu interior também era tingido dessas cores. Quando a luz solar incidia neles, o líquido ficava misteriosamente transparente, como se tremesse.

Na mesa do médico, o estetoscópio, as pinças e o aparelho de medir a pressão arterial estavam dispostos de forma aleatória. Os tubos finos e torcidos, o brilho prateado e opaco dos acessórios, o saco de borracha com formato de pera, tudo isso se assemelhava a insetos bizarros. A letra cursiva em alfabeto romano escrita no prontuário médico tinha uma beleza enigmática que dava arrepios.

Ao lado da mesa havia uma cama simples sem adornos. O lençol rígido e recém-lavado estava estendido sobre ela, e, no centro, repousava um solitário travesseiro retangular. Eu pensava: como seria a sensação de deitar a cabeça nesse travesseiro que parecia duro, de formato estranho?

Na parede havia um pôster com a foto de uma mulher e os dizeres "Posição para que o feto vire de cabeça para baixo". A mulher, usando meia-calça escura, estava de joelhos, com o quadril dobrado e o peito encostado no chão. Como a meia-calça era colada às pernas, para mim a mulher parecia estar nua. No pôster amarelado, ela olhava para longe com os olhos vagos.

Quando soava o sino da escola, era sinal de que o expediente vespertino iria começar. Tínhamos de desistir da nossa espreita ao ouvir os passos das enfermeiras do outro lado da porta, voltando do almoço.

— Ei, o que tem no segundo e no terceiro andares?

Quando perguntei, minha irmã disse categoricamente, como se tivesse visto:

— Os quartos das pacientes internadas, um quarto de bebê e o refeitório.

Às vezes, algumas mulheres espreitavam o pátio da janela do terceiro andar. Provavelmente eram mulheres que haviam acabado de dar à luz. Nenhuma usava maquiagem, todas vestiam um roupão de tecido grosso e tinham o cabelo preso. Os fios soltos balançavam suavemente rente às orelhas. Em geral, elas não tinham nenhuma expressão no rosto e estavam distraídas.

"Como elas não estão felizes se têm a chance de dormir bem em cima daquela sala de consultas cheia de objetos encantadores?", eu pensava nessa hora.

Porque minha irmã insistiu que iria se consultar na Clínica M, aquele lugar deve, igualmente, ter marcado a infância dela. Será que ela também vai usar um roupão e, com um rabo de cavalo na cabeça e uma fisionomia pálida, vai olhar o gramado do pátio ali da janela do terceiro andar?

Era só eu concordar, e mais ninguém se oporia à minha irmã. Meu cunhado disse: "A clínica fica perto, podemos ir a pé. Acho que não há nenhum problema", uma opinião inofensiva como sempre.

Minha irmã voltou para casa antes do almoço. Eu estava saindo para meu trabalho temporário e me deparei com ela na porta.

— Como foi?

— Metade do segundo mês de gestação, seis semanas completas.

— Dá para saber com tanta precisão assim?

— Graças aos gráficos que guardei meticulosamente.

Assim dizendo, ela foi entrando em casa enquanto tirava seu casaco. Não parecia estar especialmente emocionada.

— O que temos para o jantar?

— Sopa *bouillabaisse*.

— Ah, é?

— A lula e a amêijoa estavam baratas hoje.

Parecia que tínhamos trocado um diálogo banal como esse, pela sensação leve que ficou. Por isso até me esqueci de lhe dar parabéns.

Mas será que o fato de minha irmã estar grávida do meu cunhado era motivo para lhe dar parabéns? Procurei no dicionário a definição de "parabéns". "Parabéns: Palavra de cumprimento, de felicitação."

"Então essa palavra em si não tem nenhum significado especial", murmurei, tocando com os dedos os ideogramas que não apresentavam nenhum ar de felicitação.

30 de dezembro (terça-feira) 6 semanas + 1 dia

Desde criança, nunca gostei muito do dia 30 de dezembro. No dia 31 de dezembro temos a sensação de viver o último dia do ano, mas o penúltimo dia dá uma ideia de algo incompleto, inacabado. Os preparativos da ceia tradicional de Ano-Novo, a grande limpeza do final do ano, as compras, tudo está incompleto, nada está acabado. Sem outra opção na casa nesse estado de indefinição, eu costumava abrir os cadernos e fazer as lições das férias de inverno.

Contudo, depois que meus pais morreram de doença um em seguida do outro, esses marcos sazonais se tornaram cada vez menos relevantes. Isso não mudou muito mesmo depois que meu cunhado veio morar conosco.

Como eu não tinha mais aulas e era feriado no trabalho do meu cunhado, nosso café da manhã foi tranquilo.

— Para quem não dormiu direito, até a luz de inverno é ofuscante — disse meu cunhado estreitando os olhos por trás dos óculos e se sentando na cadeira. A luz matinal que penetrava na cozinha, vinda do quintal, se insinuava por debaixo da mesa e produzia a sombra dos três pares de pantufas no chão.

— Chegou tarde ontem à noite? — perguntei.

Ontem havia sido a festa de final de ano da clínica odontológica na qual meu cunhado trabalhava, e pelo jeito ele voltara depois de eu já ter pegado no sono.

— Sim, mas consegui tomar o último trem. — Assim dizendo, levantou a xícara de café. O aroma adocicado pairou sobre a toalha de mesa junto com o vapor.

Meu cunhado adicionava creme e açúcar em grande quantidade no café, por isso a mesa da cozinha ficava sempre com o cheiro parecido com o de uma confeitaria. Eu sempre pensava: como um técnico dentário pode tomar um café tão doce sem se preocupar com as cáries?

— O último trem do dia é mais terrível que o do pico da manhã. Além de ficar cheio, todos estão bêbados — disse minha irmã, raspando o pão com uma faca de manteiga.

Ao se consultar na maternidade ontem, ela era oficialmente uma gestante, mas não havia nada de especial no seu jeito. Eu me surpreendi, pois achei que ela fosse ficar mais nervosa, aparentando alegria ou confusão. Em geral ela ficava abalada por pequenas coisas: o fechamento do salão de beleza que costumava frequentar, a morte natural do gato do vizinho, o corte de água por um dia em função de obras no sistema de abastecimento. Ela ficava nervosa e logo procurava o doutor Nikaido.

Como minha irmã teria contado ao meu cunhado sobre a gravidez? Não sabia direito o tipo de diálogo que os dois trocavam quando eu não estava por perto. Para começar, eu não entendia direito o conceito de casal. Parecia uma misteriosa substância gasosa. Um corpo efêmero dentro de um frasco de laboratório, sem contorno nem cor, impossível de distinguir do vidro transparente.

Minha irmã espetou o garfo no centro da omelete e murmurou: "Está apimentada demais." Ela sempre reclamava da comida, então fingi que não ouvi. O ovo meio cozido pingou da ponta do garfo como se fosse sangue amarelo. Meu cunhado comia kiwi cortado em rodelas. Para mim, aquelas sementinhas pretas pareciam ninhos de insetos pequeninos, e eu não conseguia gostar dessa fruta. O kiwi de hoje estava bem maduro e sua polpa quase desmanchava. Dentro do porta-manteiga, o pedaço de manteiga branca estava úmido, suando.

Como os dois não tocavam no assunto da gravidez, eu também não disse nada. Um passarinho cantava no quintal. No céu alto, as nuvens estavam levemente desfiadas. O ruído dos talheres e louças se chocando e o som da comida sendo engolida se intercalavam.

Parecia que ninguém tinha percebido que hoje era o penúltimo dia do ano. Na nossa casa não havia enfeites de pinheiro na porta, nem feijão-preto, nem *mochi*.

— Acho que é bom fazermos pelo menos a grande limpeza do final do ano — eu disse, como se fosse para mim mesma.

— Já que você precisa cuidar do seu corpo, é melhor não fazer muita força — sugeriu meu cunhado, lambendo os lábios molhados de suco transparente de kiwi e olhando para minha irmã. Era típico dele falar frases banais e óbvias como essa com ar de grande generosidade.

3 de janeiro (sábado) 6 semanas + 5 dias

Os pais do meu cunhado vieram nos visitar trazendo comidas tradicionais de Ano-Novo em caixas sobrepostas. Eu ficava perdida quando eles vinham, sem saber como chamá-los nem que tipo de linguajar usar.

Tínhamos passado o feriado do Ano-Novo à toa, sem sair de casa; quando ficávamos com fome, assávamos uma pizza congelada ou abríamos a salada de batata enlatada. Por isso ficamos impressionados com as esplêndidas comidas tradicionais de Ano-Novo que eles trouxeram. Pareciam artesanatos brilhantes feitos com capricho, e não comida.

Sempre me admirava como eles podiam ser pessoas tão boas. Mesmo o quintal estando coberto de folhas caídas acumuladas, mesmo havendo só suco de maçã e queijo cremoso na geladeira, não se queixaram da minha irmã. Estavam genuinamente felizes porque seriam avós.

À tarde, depois que eles foram embora, minha irmã soltou um grande suspiro e, dizendo: "Estou cansada, vou dormir", acabou adormecendo no sofá. Caiu imediatamente no sono, como se alguém tivesse desligado o interruptor. Nos últimos tempos ela tem dormido muito. Dorme em silêncio como se vagasse num pântano profundo e gelado.

Será que é por causa da gravidez?

8 de janeiro (quinta-feira) 7 semanas + 3 dias

Os enjoos finalmente começaram.

Não sabia que enjoos começavam tão de repente assim. Antes, minha irmã costumava dizer que não os teria.

Ela não gostava de clichês. Estava convencida de que nunca seria afetada por hipnoses nem anestesias.

Mas, quando estávamos comendo macarrão gratinado no almoço, de repente ela levantou a colher até a altura dos olhos e a observou fixamente.

— Essa colher não está com um cheiro estranho?

Para mim pareceu uma colher normal, sem nada de diferente.

— Cheira a areia. — Assim dizendo, ela inflou as narinas.

— Areia?

— É. O mesmo cheiro que senti quando caí na caixa de areia do parque, na época de criança. Um cheiro opaco, áspero e sem umidade. — Ao dizer isso, devolveu a colher ao prato de macarrão e limpou a boca com guardanapo.

— Já terminou? — perguntei; ela assentiu e pôs as mãos no queixo para apoiar a cabeça.

A chaleira de água quente apitava sobre o aquecedor. Minha irmã me fitava sem dizer nada. Sem outra opção, continuei comendo sozinha.

— Você não acha que o molho branco do macarrão gratinado parece suco gástrico? — murmurou minha irmã. Eu a ignorei e tomei um gole de água com gelo.

— A temperatura morna, a sensação molhada na língua, a consistência densa… — Ela arqueou as costas e inclinou a cabeça como se fitasse meus olhos. Bati no fundo do prato de macarrão com a ponta da colher.

— Sua gordura também tem uma cor indecente.

Continuei ignorando-a. O vento gelado fazia tremer o vidro da janela. Sobre o balcão da pia de aço inoxidável, descansavam o copo medidor, a caixa de leite, a espátula de madeira e a vasilha usados para preparar o molho branco.

— O formato do macarrão também é esquisito. Quando mastigo e aquele tubo com vácuo se rompe fazendo barulho, tenho a sensação de estar comendo o tubo digestivo. Aquele tubo viscoso por onde passam a bile e o suco pancreático.

Observava com tristeza as palavras de vários tipos que saíam da boca da minha irmã enquanto passava a ponta dos dedos no cabo da colher. Depois de falar tudo que queria, o quanto queria, ela se levantou devagar e saiu da sala. O macarrão gratinado frio sobre a mesa tinha virado uma massa branca.

13 de janeiro (terça-feira) 8 semanas + 1 dia

A primeira vez que minha irmã me mostrou a foto, tive a sensação de ver a chuva que cai no céu noturno congelante.

Tinha o formato de uma fotografia comum. Com bordas brancas e o nome do fabricante de filmes impresso no verso. Mas logo percebi que era diferente das outras fotos quando minha irmã a atirou de forma brusca sobre a mesa, ao voltar da consulta médica.

O céu noturno era de um preto profundo e límpido e, ao fitá-lo firmemente, parecia me causar vertigem. A chuva pairava no céu como se fosse neblina frágil, e no meio dessa neblina havia uma cavidade com o formato de um feijão-fava.

— É meu bebê. — Minha irmã cutucou o canto da foto com seus dedos de unhas esmaltadas e bem-feitas. Suas bochechas estavam pálidas e transparentes por causa do enjoo.

Fitei a cavidade que tinha o formato de feijão-fava. Parecia até que conseguia ouvir o som da garoa que molhava a noite. O feto estava enroscado no canto curvo dessa cavidade. Era um pedaço frágil de sombra e dava a impressão que, com o soprar do vento, cairia devagar até atingir o fundo da noite.

— Essa é a origem do meu enjoo — disse minha irmã, que não tinha comido nada desde a manhã, sentando-se no sofá exausta.

— Mas como conseguem tirar uma foto dessas?

— Não sei. Só fiquei deitada na cama. Quando estava me preparando para sair depois do exame de ultrassom, o médico me deu essa foto. Disse que é para guardar de lembrança.

— Um negócio assim pode ser uma lembrança? — Olhei mais uma vez a foto. — Como é o médico da Clínica M? — perguntei, lembrando-me do cheiro de tinta da moldura da janela.

— É um velhinho de cabelo branco. Muito calado. Não só o médico, mas as duas enfermeiras também são bastante silenciosas e não falam nada que seja desnecessário. Elas não são muito jovens, talvez tenham quase a mesma idade do médico. O curioso é que são bem parecidas, como se fossem gêmeas. A altura, o penteado, a voz são idênticos, até a posição da mancha do jaleco é igual. Até hoje não consigo distingui-las. O interior da sala de consultas é tão silencioso que parece que os ouvidos tremem lá no fundo quando eu entro. Dá para ouvir apenas sons baixinhos, como o de folhear os prontuários médicos, o de prender o algodão com a pinça, o de tirar a seringa do estojo. É como se as enfermeiras e o médico emitissem um sinal que só eles entendem e se comunicassem sem dizer nenhuma palavra. Só de o médico mudar um pouco a posição de seu corpo ou olhar para outro lado, as enfermeiras estendem rapidamente os resultados do exame de sangue, o termômetro ou o que for necessário. Sempre fico admirada com a habilidade delas.

Minha irmã se sentou recostando no espaldar da cadeira e cruzando as pernas.

— A Clínica M mudou desde a época em que brincávamos no pátio?

Minha irmã balançou a cabeça quando perguntei.

— Não mudou nada. Ao passar pelo portão principal da escola primária, virar a esquina da floricultura e ver a placa da Clínica M, é como se ela fosse o único lugar deixado para trás pelo fluxo do tempo. Ao me aproximar dela a cada passo e girar a maçaneta para abrir a porta, sinto que vou ser sugada para um lugar profundo.

As bochechas da minha irmã não se aqueceram mesmo dentro de casa e continuaram geladas e transparentes.

— A sala de consultas também não mudou desde aquele tempo. O armário fino e comprido dos remédios, a cadeira de madeira do médico que parece resistente, o biombo com o vidro embaçado, tudo me parece familiar. Tudo é velho e antiquado, mas limpo e bem cuidado. Nessa sala de consultas só tem uma coisa nova, que parece estar fora de lugar. Você sabe o que é?

Eu balancei a cabeça.

— É o aparelho de ultrassom. — Minha irmã pronunciou essas palavras devagar, como se fossem algo especialmente valioso. — Na consulta, sempre me orientam a deitar na cama ao lado desse aparelho. Quando eu puxo a blusa e a roupa de baixo, deixando a barriga exposta, uma das enfermeiras se aproxima, calada, então espreme um tubo bem maior que o de uma pasta de dente e passa um líquido em gel transparente na minha barriga. Gosto muito da sensação. Uma substância macia e límpida como gelatina acariciando minha pele. É uma sensação curiosa. — Minha irmã soltou um suspiro longo e prosseguiu: — Depois o médico pressiona minha barriga com uma caixinha que parece um transceptor, ligada ao aparelho de ultrassom por um tubo preto. Graças à substância que foi passada na minha barriga, a caixinha adere bem à pele. Nessa hora, a imagem de dentro do meu corpo aparece no monitor.

Minha irmã girou a foto sobre a mesa com os dedos.

— Depois do exame, uma das enfermeiras passa na minha barriga uma gaze limpa. É o momento que me deixa um pouco triste, pois não queria perder aquela sensação. — As palavras pareciam fluir da sua boca. — Ao sair da sala de consultas, a primeira coisa que faço é ir ao banheiro. Puxo a blusa para cima mais uma vez e observo minha barriga. Para ver se ainda há aquela substância gelatinosa. Mas sempre me decepciono. Nunca tem nada. Ao tocar minha barriga, não tenho mais aquela sensação macia. A barriga não está úmida nem gelada. É grande a decepção.

Minha irmã soltou um suspiro.

Uma das luvas que ela tinha tirado estava jogada no chão. Lá fora caía uma neve fina.

— Como é a sensação de ter o interior do corpo fotografado? — perguntei, observando os flocos de neve que balançavam ao vento do lado de fora da janela.

— Acho que é igual à sensação de quando ele tira o molde dos meus dentes.

— Seu marido?

— Sim. Uma sensação esquisita, de vergonha e cócegas. — Ao dizer isso, ela fechou os lábios devagar e se calou.

Quando minha irmã falava por muito tempo incessantemente, sozinha, e depois se calava de repente, não era um bom sinal. Significava que não sabia o que fazer com sua tensão. "Ela vai correr para a clínica do doutor Nikaido em breve", pensei.

A sombra frágil do feto estava envolvida pela escuridão da noite que pairava entre nós duas.

28 de janeiro (quarta-feira) 10 semanas + 2 dias

Os enjoos da minha irmã só estão piorando. Como não há nenhuma perspectiva de que vão passar nem sinais de estarem melhorando aos poucos, e sem uma previsão de que irão cessar até tal data, ela está depressiva.

Não consegue comer absolutamente nada. Tentei lhe oferecer todo tipo de comida que consegui imaginar, mas ela insiste em não comer nada. Reuni todos os livros de receita que havia em casa e lhe mostrei página por página, em vão.

"Comer é uma tarefa tão árdua assim?", pensei impressionada.

Apesar dos enjoos, o estômago vazio parece lhe causar uma dor lancinante, e ela disse: "Preciso colocar alguma coisa no estômago." (Não dizia "eu quero comer", de jeito nenhum.)

Ela resolveu comer croissant. Não precisava ser necessariamente croissant, bastava que fosse algo que amenizasse a dor de estômago: podia ser waffle, batata frita, qualquer coisa. Só que, por acaso, nessa hora, o croissant que sobrara do café da manhã estava espreitando da cesta de pães.

Minha irmã cortou a ponta do croissant em formato de meia-lua, enfiou-a na boca e a engoliu praticamente sem mastigar. E, ao engasgar, tomou um pouquinho de isotônico com desgosto. Essa cena não se assemelhava à de uma refeição: lembrava mais uma magia ou uma prática ascética.

Meu cunhado encontrou várias revistas com artigos como "Matéria especial: foi dessa forma que superei os enjoos", ou

"Papel do marido quando sua esposa está passando por enjoos". Fiquei surpresa com a quantidade de revistas relacionadas a gestantes e bebês. "Vencendo a toxemia gravídica!", "Grande enciclopédia de sangramento durante a gravidez", "Plano para conseguir fundos para o parto"... Vendo essas manchetes, eu fico exausta pelo tanto de problemas que aguardam minha irmã daqui para a frente.

Inacreditavelmente, até meu cunhado começou a passar mal. Quando se senta à mesa, só cutuca a comida com a ponta do garfo e quase não come nada.

— Vendo-a passar mal, até eu sinto enjoo — disse ele como se justificasse, e soltou um suspiro.

Minha irmã parece considerar esse mal-estar dele como um sinal de atenção. Enquanto pressiona o peito com a mão, com fisionomia pálida, ele passa a outra mão nas costas da minha irmã, que tenta engolir o croissant à força. Os dois aconchegam-se um ao outro como se fossem passarinhos feridos, recolhem-se ao quarto cedo e só aparecem de manhã.

Para mim, meu cunhado parece um coitado. Afinal, ele não tem nenhum motivo para ficar enjoado. Quando me lembro do seu suspiro debilitado, sinto até certa irritação.

"Quero me apaixonar por alguém capaz de comer uma refeição completa de culinária francesa ao meu lado, quando eu estiver debilitada por causa de enjoo", penso.

6 de fevereiro (sexta-feira) 11 semanas + 4 dias

Ultimamente estou sempre comendo sozinha. Como tranquila, olhando para o canteiro de flores ou a pá do quintal, ou as nuvens que correm no céu. Desfruto desse momento de liberdade tomando cerveja desde o almoço ou fumando, coisa que minha irmã detesta. Não me sinto sozinha. Acho que a refeição solitária combina comigo.

Hoje de manhã, quando preparava bacon e ovos na frigideira, minha irmã desceu a escadaria correndo.

— Que cheiro horrível. Dê um jeito nisso — gritou ela, puxando o cabelo. Ela estava irritada e aparentemente tinha lágrimas nos olhos. Os pés descalços que espiavam da calça do pijama pareciam de vidro, gelados e transparentes. Ela apagou a boca do fogão de forma brusca.

— São apenas ovos fritos comuns e bacon — expliquei em voz baixa.

— Isso não é nada comum. A casa está impregnada de cheiro de manteiga, gordura, ovo e carne de porco, nem consigo respirar.

Minha irmã se debruçou na mesa e começou a chorar de verdade. Eu não sabia o que fazer. Liguei o exaustor e abri as janelas.

Seu choro era sincero, vinha do fundo do coração. E era tão perfeito que soava teatral. Os fios de cabelo caíam sobre o rosto, os ombros tremiam em movimentos minúsculos, e sua voz úmida ecoava. Pus a mão nas suas costas para consolá-la.

— Faça alguma coisa. Quando acordei de manhã, esse cheiro horrível penetrou em todo o meu corpo. Minha boca, o estômago e os pulmões ficaram revirados, e meus órgãos internos giravam como redemoinho — disse minha irmã, chorando. — Por que a casa está impregnada de tanto cheiro? Por que você espalha esses cheiros horríveis?

— Me desculpe, vou tomar cuidado da próxima vez — falei, embaraçada.

— Não são só os ovos e o bacon. A frigideira queimada, os pratos de porcelana, o sabonete da pia, a cortina do quarto, tudo exala cheiro. O cheiro se espalha como se fosse uma ameba viscosa, se expande, é envolvido por outro cheiro, daí vem outro que se mistura a eles... Isso não tem fim! — Ela esfregou o rosto molhado de lágrimas na mesa. Eu continuava com a minha mão em seus ombros e, sem saber o que fazer, fiquei observando a estampa xadrez do seu pijama. O barulho do exaustor estava mais alto que o normal.

— Você tem ideia de como os cheiros são terríveis? Não dá para fugir deles. Eles me violam sem dó nem piedade. Quero ir para um lugar sem cheiro. Um lugar como um quarto asséptico de hospital. Ali, vou arrancar todos os órgãos internos do meu corpo e lavá-los com água pura até que fiquem reluzentes.

— Sim, sim — murmurei. E inspirei profundamente, mas não senti nenhum resquício de cheiro. Era o cheiro normal de cozinha numa manhã fresca. No armário havia xícaras de café dispostas em linha reta, os panos de prato pendurados na parede estavam secos e alvos, e, da janela, via-se o céu azul congelante.

Não sei ao certo quanto tempo minha irmã ficou chorando. Talvez só por alguns minutos, talvez por um tempo infindável. De qualquer forma, ela continuou chorando até se dar por satisfeita e, depois de soltar um longo suspiro no final, levantou o rosto e me fitou. Seus cílios e bochechas estavam encharcados, mas sua fisionomia já se mostrava tranquila.

— Não é que eu não queira comer — disse ela num sussurro. — Na verdade, quero comer de tudo. Quero comer com gosto, como os cavalos. Ainda me lembro da época em que eu comia as coisas com gosto e me bateu uma tristeza. Por isso imagino muitas coisas. Uma mesa com um arranjo de rosas no centro, a luz da vela refletindo na taça de vinho, o vapor branco que sobe da panela de sopa e do prato de carne. É lógico, sem nenhum cheiro. Às vezes penso na primeira coisa que vou comer quando o enjoo passar. Se bem que tenho minhas dúvidas se ele vai passar um dia. E tento desenhar. Faço desenhos de linguado *à la meunière*, costela, salada de brócolis. Penso seriamente e faço desenhos bem realistas. Até eu acho que é tudo bobagem. Passo o dia inteiro pensando em comer. Pareço uma criança em época de guerra — explicou, enxugando as lágrimas com o punho da manga do pijama.

— Acho melhor você não se culpar considerando isso uma bobagem. Não é culpa sua — observei.

— Obrigada — respondeu minha irmã com os olhos vagos.

— Vou procurar não cozinhar mais quando você estiver em casa.

Minha irmã balançou a cabeça.

Dentro da frigideira, o bacon e os ovos que tinham esfriado por completo restavam imóveis.

10 de fevereiro (terça-feira) 12 semanas + 1 dia

Doze semanas, ou seja, quarto mês de gravidez. Os enjoos da minha irmã continuam. Eles não a deixam, como se fossem uma blusa encharcada que gruda no corpo.

Como imaginei, minha irmã foi se consultar com o doutor Nikaido hoje. Os nervos, os hormônios e as emoções dela estavam à flor da pele.

Como sempre fazia quando procurava o doutor Nikaido, minha irmã gastou muito tempo para escolher as roupas que usaria. Estendeu vários casacos, saias, suéteres e echarpes na cama e ponderou com seriedade. E se maquiou com mais capricho que o normal. Será que meu cunhado não fica com ciúmes ao ver minha irmã fazendo isso? Fiquei preocupada.

Com a cintura mais fina, o rosto mais magro e o queixo mais delgado por causa dos enjoos, ela estava ainda mais bonita. Era difícil acreditar que era uma gestante.

Eu vi o doutor Nikaido quando ele trouxe minha irmã num dia de tempestade. Era um homem de meia-idade com um rosto comum e indefinido. Não tinha o lóbulo da orelha mais grosso que o normal, não tinha dedos grossos e fortes nem a linha do pescoço definida, ou seja, não tinha nenhuma característica marcante. Ele estava de pé, em silêncio e cabisbaixo atrás da minha irmã. Como seu cabelo e seus ombros estavam molhados de chuva, pareceu ainda mais solitário.

Não sei que tipo de tratamento o doutor Nikaido ministra na minha irmã. Segundo ela, ele faz testes psicológicos simples e hipnoterapia, e receita remédios. Mas, apesar de se tratar com ele havia mais de dez anos, desde a época do ensino médio, sem nenhuma interrupção, a condição psiquiátrica da minha irmã não indicava nenhuma melhora. Sua enfermidade era sempre ondulante como uma alga que flutua no mar. Nunca alcança a praia arenosa e tranquila.

No entanto, minha irmã dizia se sentir muito livre durante o tratamento.

— A sensação é parecida com a de quando temos nosso cabelo lavado no salão de beleza. É muito bom sentir que alguém cuida do nosso corpo — disse ela estreitando os olhos, como se se lembrasse dessa sensação agradável.

Para mim, o doutor Nikaido não parecia ser um psiquiatra muito competente. Seus olhos, quando o vi de pé, em silêncio, na porta de casa naquela noite de tempestade, evocavam mais os de um paciente amedrontado que os de um médico. Como será que ele acalmava os nervos frágeis da minha irmã?

Mesmo depois que escureceu e a luz dourada da lua surgiu no meio das trevas, minha irmã não havia voltado para casa.

— Será que uma noite fria como esta não faz mal para ela? — indagou meu cunhado como se falasse sozinho.

Quando ouvimos o barulho do táxi parando na frente de casa, ele logo foi ao encontro da minha irmã.

— Cheguei — anunciou ela, tirando o cachecol. Seus olhos e cílios estavam frios e brilhantes. Sua expressão era bem mais silenciosa do que pela manhã.

Mas, mesmo procurando o doutor Nikaido, os enjoos dela não melhoraram nem um pouco.

1º de março (domingo) 14 semanas + 6 dias

Eu me dei conta, subitamente, de que nunca tinha pensado no bebê que irá nascer. Talvez eu também devesse me preocupar com seu sexo, nome e enxoval. Normalmente as pessoas devem se divertir mais com essas questões.

Minha irmã e meu cunhado não falam do bebê na minha frente. Agem como se a gravidez e o fato de haver um bebê na barriga dela fossem coisas distintas. Por isso, para mim também o bebê não parece uma existência palpável.

A palavra-chave que utilizo para reconhecer o bebê na minha cabeça é "cromossomo". Por cromossomo, consigo pensar na sua existência como sendo algo com forma.

Tempos atrás, vi a foto de um cromossomo numa revista científica. Era como se vários pares de larvas gêmeas de borboleta estivessem dispostos em fileira na vertical. As larvas elípticas, finas e compridas eram levemente arredondadas, adequadas para serem seguradas com o indicador e o polegar, e suas pequenas curvas e a superfície úmida estavam bem visíveis. Cada par de larvas tinha um formato curioso: alguns com as pontas dobradas como uma bengala, outros retos e paralelos, outros presos pelo meio, como gêmeos siameses.

Quando penso no bebê da minha irmã, lembro-me dessas larvas gêmeas. E delineio o formato do seu cromossomo na minha cabeça.

14 de março (sábado) 16 semanas + 5 dias

Minha irmã já chegou ao quinto mês de gravidez, mas sua barriga não está nem um pouco visível. Ela tem emagrecido cada vez mais, pois só ingeriu croissant e isotônicos nas últimas semanas. A não ser pelas consultas na Clínica M e no consultório do doutor Nikaido, ela fica deitada na cama, exausta, como se fosse uma paciente em estado grave.

A única coisa que eu posso fazer é procurar não produzir nenhum cheiro, na medida do possível. Troquei todos os sabões de casa pelos inodoros. Enfiei todos os condimentos como páprica, tomilho e sálvia numa lata e a lacrei. Mudei todos os cosméticos do quarto dela para o meu. Como ela diz que até pasta de dente lhe causa enjoo, meu cunhado comprou um irrigador bucal. Naturalmente eu não cozinho quando ela está em casa. Quando é imprescindível cozinhar, levo a panela elétrica de arroz, o fogão elétrico e o moedor de café para o quintal e como no chão mesmo, estendendo uma lona.

Ao comer sozinha no quintal, olhando o céu noturno, sinto-me tranquila. Estamos no início da primavera, não faz nem um pouco de frio, e a gradação da escuridão noturna e a sensação do vento são sutis. Minhas mãos e pernas estendidas na lona pareciam desbotadas, mas a árvore-de-júpiter do quintal, os tijolos do canteiro de flores e o brilho das pequenas estrelas eram bem nítidos. Fora o cão que latia ao longe, não se ouvia nenhum outro som.

Inseri o plugue da panela elétrica de arroz na tomada da extensão que eu puxara até o quintal com muito custo. Depois de um tempo, o vapor branco começou a se levantar e se fundiu à escuridão. Em seguida, aqueci o saquinho de ensopado instantâneo no fogão elétrico. Às vezes soprava um vento forte que levava o vapor até as alturas no céu noturno e chacoalhava o verde do quintal.

O jantar no quintal é mais demorado que o normal. As louças sobre a lona ficam levemente inclinadas. Ao servir o ensopado na vasilha, tomando cuidado para não derramá-lo, eu me sinto brincando de casinha. Na escuridão, o tempo flui lentamente.

Olhando para o quarto da minha irmã no andar de cima, via-se uma luz tênue acesa. Pensando na minha irmã encolhida na cama, presa e imobilizada pelo cheiro, abri bem a boca e engoli o ensopado junto com a escuridão noturna.

22 de março (domingo) 17 semanas + 6 dias

Os pais do meu cunhado vieram nos visitar e trouxeram um objeto curioso embrulhado num lenço. Era um tecido branco e comprido, com cerca de cinquenta centímetros de largura. Quando sua mãe abriu o lenço com cuidado, eu não fazia a menor ideia do que poderia ser. Um simples pano: além dessa definição, não conseguia pensar em nenhuma outra.

Quando meu cunhado pegou e estendeu o pano, apareceu a estampa de um cão na extremidade. Um cão esperto, com as orelhas em pé.

— Ah, hoje é o Dia de Cão do quinto mês de gravidez — disse minha irmã com a voz fraca, sem conseguir esconder o mal-estar mesmo diante dos sogros.

— Sim. Talvez isso só atrapalhe, mas dizem que traz sorte. — Assim dizendo, a mãe do meu cunhado colocou à nossa frente a vara de bambu, uma mecha de linhas vermelhas, um pequeno sino prateado e outros objetos. Por fim, tirou o panfleto de um santuário xintoísta que explicava como cada um dos objetos deveria ser usado para fazer a oração pelo parto seguro.

— Nossa, vem até com manual? — perguntei, impressionada.

— No santuário, eles vendem o pacote completo — sorriu a mãe do meu cunhado.

Fiquei preocupada, pois a tinta desse pano branco ou a vara de bambu de cuja utilidade eu não fazia a menor ideia poderiam exalar algum cheiro. Minha irmã passava os dedos finos na capa do panfleto.

Nós cinco pegamos os objetos à nossa frente, um de cada vez, e balançamos a cabeça, virando-os de ponta-cabeça ou chacoalhando-os.

Assim que os sogros da minha irmã foram embora, ela perdeu o interesse pelos objetos sagrados e se enfurnou no seu quarto. Meu cunhado embrulhou todos os objetos de volta, um por um, do jeito que vieram. O sino tocou de leve.

— Por que há uma estampa de cachorro aqui? — perguntei a ele.

— As cadelas têm vários filhotes ao mesmo tempo. E o parto delas é fácil. Por isso dizem que sua figura traz sorte.

— Existe parto fácil e difícil até para os bichos?

— Pelo jeito, sim.
— Será que os filhotes nascem de forma fácil e rápida, como os feijões saltam da vagem?
— Não sei.
— Você já viu algum parto de cadela?
— Não — respondeu meu cunhando, balançando a cabeça.
Do interior do lenço embrulhado, a estampa do cachorro me fitava firmemente.

31 de março (terça-feira) 19 semanas + 1 dia

Hoje tive de acordar bem cedo porque o supermercado aonde fui trabalhar ficava longe. A neblina matinal me envolveu durante todo o trajeto até a estação, molhando e esfriando meus cílios.

Gosto de ser temporária porque posso trabalhar em supermercados de um bairro desconhecido ao qual nunca mais voltarei. Geralmente eles ficam na praça em frente a uma pequena estação, em que há uma cancela de cruzamento ferroviário, estacionamento para bicicletas e um terminal de ônibus. Ao observar os fregueses, tenho a sensação de estar viajando.

Costumo entrar pelo acesso dos fundos, mostrando o crachá que recebi da agência que envia os trabalhadores. Os fundos do supermercado causam uma sensação de tristeza, pois caixas de papelão, restos de verduras e lonas molhadas se espalham de forma descuidada, e a luz da lâmpada fluorescente é fraca e escura. O guarda abanou a cabeça mal-humorado quando mostrei o crachá.

O supermercado ainda estava fechado para o público, e a área das prateleiras também era sombria como os fundos, com quase todas as lâmpadas apagadas e as prateleiras cobertas. Costumo dar uma volta entre as prateleiras para procurar um local adequado, carregando a sacola com os materiais de trabalho. Hoje escolhi o corredor entre a prateleira de carnes e o balcão de congelados.

Primeiro montei a mesinha empilhando as caixas de papelão que tinha pegado dos fundos e a cobri com uma toalha de estampa floral. Em seguida, coloquei um prato em que dispus os biscoitos cracker e peguei uma vasilha e um *fouet* para bater o creme chantili.

O som de bater o chantili ecoava por todo o supermercado silencioso, o que sempre me constrangia. Ignorando o olhar dos funcionários que se juntavam para participar da reunião matinal na frente do caixa, continuei batendo o chantili de forma compenetrada.

O supermercado de hoje tinha sido recém-reformado, e o chão e o teto estavam reluzentes e bonitos. Passei o creme nos biscoitos cracker para oferecê-los às pessoas que faziam compras.

— O chantili está na promoção. Não quer provar? Que tal preparar um bolo caseiro com chantili? — repetia as frases que constavam no manual fornecido pela agência. Praticamente não tinha mais nada para falar.

Vários tipos de pessoas — uma mulher de chinelos, um rapaz de moletom, um filipino de cabelo crespo — passavam diante de mim. Alguns aceitavam o biscoito do prato que eu segurava. "De quanto é o desconto?", alguns resmungavam e passavam reto, outros colocavam uma caixa de chantili no cesto sem falar nada.

Eu mostrava um sorriso na medida adequada para todas as pessoas, sem distinção. Como meu salário não era proporcional à venda, para mim era mais fácil sorrir para todas as pessoas igualmente, com calma, sem ter meu sentimento abalado por ninguém.

A primeira pessoa que provou o chantili hoje foi uma idosa com a coluna curvada. Usava no pescoço um lenço parecido com uma toalha e sacudia a bolsa de pano marrom que segurava na mão esquerda. Ela era tão comum que se dissolvia silenciosamente no meio da multidão do supermercado.

— Será que posso provar um? — Ela se aproximou hesitante.

— Sim, claro — respondi em tom alegre.

No começo, ela fitou o prato como se visse algo raro. Em seguida estendeu o braço devagar e pegou um cracker com os dedos ressecados e nodosos. Mas o movimento seguinte foi bastante ágil: abriu a boca redonda como uma criança e a fechou, ao mesmo tempo cerrando os olhos.

Estávamos de pé cercadas por inúmeros alimentos. Atrás dela, bandejas de carne em fatias finas, em peças e moída se enfileiravam de forma ordenada e, atrás de mim, vagens, massas de torta e croquetes congelados e duros estavam envolvidos pelo ar gelado. Prateleiras mais altas que pessoas se estendiam por todo o piso espaçoso, e os alimentos lotavam cada uma delas. As verduras frescas, os produtos lácteos, os doces e os condimentos pareciam infindáveis. Ao ficar de pé entre as prateleiras e olhar para cima, eu sentia até tontura.

Muitas pessoas carregando cestos passavam à nossa volta. Todos caminhavam em busca de alimentos, como se flutuassem dentro da água.

Senti medo ao pensar que tudo que estava ao nosso redor era comida de gente. O fato de tantas pessoas terem se reunido somente em busca de alimentos me causava arrepios.

E lembrei-me da minha irmã observando o croissant com olhos desanimados e cortando a pequena ponta da meia-lua com as mãos. Os olhos dela que pareciam chorar ao engoli-lo e migalhas brancas caídas na mesa surgiram na minha mente em sequência.

Enquanto a senhora comia o biscoito, a língua dela ficou visível por um breve momento. Era uma língua vermelha e vívida que não combinava com seu corpo frágil. Eu a vi nitidamente, como se a luz incidisse na sua aspereza superficial e iluminasse o interior da boca escura. Maleável, a língua envolvia o chantili branco.

— Será que posso pegar mais um? — disse a senhora, curvando-se para a frente e balançando a bolsa de pano.

— Claro, claro. — Como era raro alguém repetir, hesitei um pouco, mas logo respondi sorrindo.

Ela pegou outro biscoito com sua mão enrugada, abriu a boca redonda e o enfiou lá dentro, revelando a língua vermelha. Seu modo de comer era saudável. Era ritmado, vigoroso, e tinha um fluxo harmonioso.

— Vou levar um! — Assim dizendo, ela colocou a caixa de chantili no cesto.

— Muito obrigada — respondi e fiquei pensando no modo como ela iria comer o chantili em casa. Suas costas discretas logo se fundiram à multidão e desapareceram.

16 de abril (quinta-feira) 21 semanas + 3 dias

Hoje minha irmã estreou seu vestido para gestante. Só de usá-lo, parecia que sua barriga tinha crescido de uma vez. Mas, ao tocar nela, era como se nada tivesse mudado. Não conseguia acreditar que debaixo da palma da minha mão havia um ser vivo.

Minha irmã pareceu estranhar esse vestido de gestante e refez o laço da cintura várias vezes.

E os enjoos passaram de repente. Cessaram de uma hora para outra, assim como começaram.

De manhã, depois que meu cunhado saiu de casa, ela veio para a cozinha. Desde que os enjoos tinham começado, a cozinha se tornara o lugar mais desagradável para ela, e fiquei confusa ao vê-la encostada no armário de louças.

Como praticamente ninguém cozinhava em casa, a cozinha estava limpa e arrumada. Todos os utensílios se encontravam em seus devidos lugares, o balcão em aço inoxidável da pia estava completamente seco, e a lava-louças, vazia. Lembrava um showroom de cozinha modulada, era insípida e pouco familiar.

Minha irmã deu uma olhada na cozinha e se sentou à mesa. Geralmente havia algum frasco de molho ou uma caixa de biscoitos esquecidos na mesa, mas hoje ela estava vazia. Minha irmã me olhou como se quisesse dizer algo. A barra do vestido para gestante balançava sobre seus pés.

— Quer croissant? — perguntei com cautela para não deixá-la irritada.

— Poderia me fazer um favor? Não fale mais essa palavra horrível, "croissant" — disse ela.

Meneei a cabeça concordando.

— Queria comer algo diferente — disse ela em voz baixa.

— Está bem. — Abri a geladeira às pressas, tentando me lembrar da última vez que ela tinha pedido algo para comer.

Não havia absolutamente nada. Só se via a lâmpada interna da geladeira. Fechei a porta, soltando um suspiro.

Em seguida, dei uma olhada no armário de mantimentos. Também estava vazio. Não havia nenhuma comida decente.

— Há alguma coisa para comer? — perguntou minha irmã, preocupada.

— Bem, há um pacote de folhas de gelatina, meio saco de farinha de trigo, cogumelos secos, corante alimentar, fermento, essência de baunilha... — respondi, enfiando as mãos entre os sacos, latas e vidros. Só encontrei dois croissants que haviam sobrado, que logo escondi no fundo do armário.

— Quero comer alguma coisa — disse minha irmã categoricamente, como se tivesse tomado uma grande decisão.

— Ah, é? Espere um pouco. Deve haver pelo menos uma comida decente. — Assim dizendo, enfiei minha cabeça no armário. Verifiquei prateleira por prateleira, começando pela superior, e na última encontrei algumas uvas-passas para bolo. A data de fabricação era de quase dois anos atrás, e elas estavam secas como os globos oculares de uma múmia.

— Você come isso? — perguntei, mostrando a embalagem de uvas-passas para minha irmã. Ela abanou a cabeça.

Era curioso como ela conseguia comer algo tão duro assim, com gosto, com uma expressão normal. Ela comeu de forma compenetrada, pegando as uvas-passas de dentro da embalagem sem parar e movendo rapidamente o queixo. Seu corpo e sua alma estavam totalmente concentrados no ato de comer. Até que ela pegou o último punhado de uvas-passas, colocou-as na palma da mão e, depois de observá-las por um tempo, com carinho, enfiou-as devagar na boca.

Foi nessa hora que percebi que os enjoos tinham passado.

1º de maio (sexta-feira) 23 semanas + 4 dias

Minha irmã recuperou em dez dias os cinco quilos que tinha perdido nas catorze semanas de enjoos.

Durante todo o tempo em que está acordada, ela sempre tem alguma comida na mão. Ou está comendo à mesa, ou carregando um pacote de salgadinhos, ou procurando um abridor de latas, ou espiando a geladeira. Como se toda a existência dela tivesse sido engolida pelo apetite.

Ela come com devoção. Engole a comida incessantemente, sem pausa, da mesma forma como respira. Seus olhos ficam límpidos e sem expressão, e observam fixamente um único ponto. Seus lábios se movem com vigor, como se fossem as coxas musculosas de um atleta em forma. Não há nada que eu possa fazer além de observá-la, como na época em que ela sofria de enjoos.

De repente é tomada por desejos de comer coisas absurdas. Numa noite de chuva, ela começou a dizer que queria comer *sorbet* de nêspera. Chovia torrencialmente, e o quintal estava esbranquiçado pelos respingos de chuva. Já era quase meia-noite, nós três já estávamos de pijama. Não havia loja nenhuma aberta a essa hora da noite perto de casa, e, para falar a verdade, eu nem sabia se existia *sorbet* de nêspera.

— Fatias finas da polpa de nêspera de cor amarelo-cromo que parecem lascas de vidro, empilhadas uma em cima da outra; quando a gente come, fazem um barulho crocante. É esse tipo de *sorbet* de nêspera que eu quero comer — especificou ela.

— Já é tarde. Amanhã tento procurar — disse meu cunhado carinhosamente.

— Não. Precisa ser agora. Minha cabeça está cheia de nêspera. Me sinto sufocada. Desse jeito, não vou conseguir dormir — sentenciou minha irmã, séria.

Desisti de tentar ajudá-la, virei as costas para os dois e me sentei no sofá.

— Não serve outra fruta? Pode ser de laranja ou limão? Talvez encontre na loja de conveniência — disse meu cunhado e pegou a chave do carro.

— Você vai sair no meio dessa chuva? — indaguei em voz alta, assustada.

— Precisa ser nêspera. Sua pele macia e frágil, sua penugem fina e dourada, seu cheiro tênue. Aliás, não sou eu que está com desejo. É a gravidez. Gra-vi-dez. Por isso não posso fazer nada. — Minha irmã ignorou minha fala e insistiu. Ela pronunciou "gravidez" com certo nojo, como se dissesse o nome de um inseto grotesco.

Meu cunhado enlaçou os ombros dela e sugeriu várias alternativas para tentar acalmá-la.

— Não quer sorvete?

— E chocolate?

— Amanhã tento procurar na seção de alimentos da loja de departamentos.

— Tente tomar o remédio que o doutor Nikaido receitou, e vamos dormir.

Inseguro, meu cunhado mexia na chave do carro na palma de sua mão. Seu olhar amedrontado ao olhar minha irmã me irritava.

Era cômica a cena de três adultos estarem à mercê de um *sorbet* de nêspera. Não fazia ideia da razão de estarmos vivendo isso. Por mais que três cabeças pensassem, o *sorbet* de nêspera não iria se materializar em lugar algum.

16 de maio (sábado) 25 semanas + 5 dias

De vez em quando penso na gravidez da minha irmã e na relação dela com meu cunhado. Sobre a responsabilidade do meu cunhado na gravidez. Se é que ele teve alguma.

Meu cunhado continua olhando para minha irmã de forma insegura. Quando ela está instável e sensível, ele pisca os olhos nervosamente, gagueja "ah", "tá", essas palavras sem sentido, e no final a abraça sem poder fazer nada. E força uma fisionomia generosa, como se convencesse a si mesmo de que essa é a coisa que minha irmã mais espera dele.

Eu já tinha percebido esse gênio sem graça do meu cunhado desde o começo. A primeira vez que falei com ele foi num consultório odontológico. Como minha irmã não o trazia em casa na época em que namoravam, nem depois que ficaram noivos, por muito tempo não tive a oportunidade de conhecê-lo. Foi então que, por causa de uma cárie no dente, minha irmã me recomendou a clínica onde ele trabalhava.

Quem me tratou foi uma dentista de meia-idade que gostava de conversar e, ao saber que eu era a irmã mais nova da noiva do seu assistente, fez muitas perguntas sobre minha irmã. Fiquei extenuada porque toda vez eu tinha de responder fechando a boca cheia de saliva.

Na hora de tirar o molde da coroa, ele entrou pela porta dos fundos da sala de consultas. Era técnico dentário e usava um jaleco branco curto, diferente do usado pela dentista. Era um pouco mais magro que hoje e tinha cabelo comprido. Quando veio ao meu lado e me cumprimentou com palavras banais, percebi que estava bastante nervoso. Debaixo da máscara, sua voz era frágil e abafada. Eu estava sentada na imponente cadeira odontológica e, sem saber em que posição responder aos seus cumprimentos, apenas virei a cabeça e a abanei de leve.

— Você me dá licença para tirar o molde? — disse ele de forma excessivamente polida e se debruçou sobre meu rosto. Como o dente cariado era o último do fundo, tive de abrir a boca ao máximo. Quando ele aproximou seu rosto e enfiou a mão com luva na minha boca, seus dedos úmidos com cheiro de álcool desinfetante tocaram minha gengiva. Ouvi nitidamente sua respiração por trás da máscara.

A dentista estava tratando outro paciente na sala ao lado. Sua voz alegre ecoava junto com o barulho do motor raspando o dente.

— A tonalidade da cor dos seus dentes é muito boa — disse ele enquanto trabalhava.

Eu não sabia que havia tonalidade boa ou má na cor dos dentes. Como estava com a boca aberta, não consegui responder.

— E o alinhamento dos seus dentes é perfeito. Estão todos encaixados bem retos na gengiva — murmurou ele. — A cor da gengiva também é saudável. É brilhante e jovial.

Eu não sabia por que ele tinha de explicar a impressão que teve do interior da minha boca. Não queria que ele descrevesse meus dentes nem minha gengiva.

Depois de observar meus dentes, ele se sentou na banqueta redonda, pegou uma pequena bandeja de vidro do carrinho que continha vários frascos de remédio e despejou nela um pó rosa. A cor nítida apareceu no fundo do vidro embaçado.

A luz da grande lâmpada em formato de disco aquecia meu rosto. Na mesa lateral estavam dispostas brocas em formato de diamante e agulha. A água transbordava do copo de gargarejo de cor prateada.

Ele pegou uma jarra que lembrava a de leite, pingou seu líquido na bandeja e o misturou rapidamente com uma pequena colher. O laço da máscara balançava de forma desleixada atrás das suas orelhas. Seus olhos passavam velozes pelo prontuário, pela bandeja e pelos meus dentes em sequência.

"Esse homem franzino envolvido por um jaleco branco e uma máscara vai se casar com minha irmã?", pensei enquanto observava a substância rosa que ia ficando viscosa como xarope. As palavras "se casar" não me pareceram naturais, e reformulei a frase: "Vai morar com minha irmã", "ama minha irmã", "transa com minha irmã", mas nenhuma das opções me soou adequada. O barulho da colher e do vidro se chocando era estridente, porém ele não se importou e continuou misturando a substância dentro da bandeja.

No final, o pó rosa virou uma massa. Ele a pegou com o indicador e o dedo médio, abriu meus lábios com os outros dedos e a passou no meu dente do fundo. A massa não tinha gosto, e só tive uma sensação gelada na língua. A ponta dos seus dedos tocou a mucosa da minha boca várias vezes. Minha vontade era morder bem forte seus dedos junto com a massa rosa.

28 de maio (quinta-feira) 27 semanas + 3 dias

Quanto mais minha irmã comia, mais sua barriga aumentava. Eu já tinha visto gestantes, mas nunca acompanhara o processo de mudança do corpo, e tenho observado minha irmã com bastante interesse.

A transformação começa logo abaixo dos seios: há uma grande protuberância que vai até o baixo-ventre. Ao tocar-lhe a barriga com sua permissão, fiquei surpresa porque era mais rígida do que eu imaginava. A sensação de que algo crescia lá dentro era nítida. E a protuberância não era simétrica, e sim ligeiramente disforme. Esse fato também me deixa atarantada.

— Nessa fase, as pálpebras do feto estão se abrindo e as cavidades nasais estão se ligando. Se for menino, a genitália vai descer da cavidade abdominal — explicava minha irmã, friamente, sobre seu bebê. Por causa do linguajar nada adequado para uma mãe, como "feto", "cavidade abdominal" ou "genitália", a transformação ocorrida no seu corpo parecia ainda mais estranha.

Será que os cromossomos do feto estão se multiplicando normalmente? Será que dentro da barriga saliente da minha irmã as larvas gêmeas estão se mexendo em fila? Eu penso nessas coisas observando o corpo dela.

Hoje aconteceu um pequeno acidente no meu trabalho. Um funcionário do supermercado que conduzia um carrinho de carga cheio de caixas de ovos escorregou numa folha de alface e quebrou os ovos. Esse acidente aconteceu bem perto do local onde eu oferecia a degustação de chantili, e vi os ovos caírem bem diante dos meus olhos. As gemas e as claras escorriam por toda parte no chão. Havia a marca da sola do tênis do funcionário na folha de alface pisoteada. Alguns ovos caíram na estante de frutas e lambuzaram as cascas de maçã, melão e banana.

O funcionário do supermercado me deu um saco cheio de toranjas impróprias para venda. Como nenhum alimento era suficiente em casa, eu o aceitei com prazer.

Coloquei as toranjas na mesa e tive a impressão de sentir um leve cheiro de ovo. Eram toranjas bem amarelas, com grandes gomos, *made in USA*. Resolvi fazer geleia com elas.

Descascar e separar os gomos de todas as frutas era uma tarefa árdua. Minha irmã e meu cunhado tinham ido jantar num restaurante chinês. A noite caía silenciosa lá fora. Exceto pelo barulho da faca batendo na tábua de corte, da toranja rolando na mesa ou da minha tosse, não se ouvia nenhum outro som.

A ponta dos meus dedos ficou melada de polpa. O desenho das gotículas do gomo ficava nítido sob a lâmpada da cozinha. Quando o açúcar sobre os gomos derreteu, eles ficaram ainda mais brilhantes. Os graciosos gomos semicirculares estavam sobrepostos dentro da panela.

As grossas cascas dispostas de forma aleatória pareciam meio deslocadas. Removi as partes brancas, piquei a casca amarela e a enfiei na panela. O suco amarelo respingou com vigor na lâmina da faca, no dorso da minha mão e na tábua, como se fosse um ser vivo. As cascas também tinham padrões. Eram padrões irregulares, como o muco de alguma parte do corpo humano visto num microscópio.

Depois de pôr a panela no fogo, soltei um suspiro e me sentei na cadeira. O som da toranja fervendo e derretendo fluía suavemente na profundeza da noite. Um cheiro ácido dominava tudo, junto com o vapor.

Observando as gotículas da toranja estourarem no fundo da panela, lembrei-me do encontro da Associação para Pensar na Poluição do Planeta/Poluição da Humanidade ao qual eu tinha sido levada à força por um colega do meu seminário da faculdade. Esse encontro, realizado na sala 313, contava com poucos participantes, mas os universitários que lá estavam eram todos dedicados e levavam aquilo a sério. Só eu era de fora e, sentada na carteira do canto, fiquei observando a fileira de álamos do jardim interno do campus.

Uma estudante magra que usava óculos fora de moda manifestou sua opinião sobre chuva ácida ou algo parecido, e em seguida alguém fez uma pergunta muito difícil. Meio entediada, amassei na palma da mão o panfleto que tinha recebido no início da apresentação. Na primeira página havia a foto de toranjas *made in USA*.

"Alimento importado perigoso!"

"A toranja é mergulhada em três tipos de veneno antes de chegar ao consumidor."

"O antifúngico PWH é extremamente cancerígeno. Destrói os cromossomos humanos!"

Aquela página do panfleto ocupou de forma vaga a minha mente.

Quando a polpa e a casca estavam bem misturadas, com alguns pedaços gelatinosos, minha irmã e meu cunhado chegaram. Ela veio direto para a cozinha.

— Hum, que cheiro delicioso — disse ela, olhando para dentro da panela que eu tinha acabado de tirar do fogo.

— Geleia de toranja? Que diferente! — Antes de terminar a frase, ela pegou uma colher e a encheu com geleia quente.

— É mais comum que *sorbet* de nêspera — murmurei.

Minha irmã fingiu não ter ouvido e enfiou a colher com vigor dentro da boca. Ela usava um vestido de gestante novinho em folha, estava com brincos e ainda carregava sua bolsa na mão esquerda. Meu cunhado ficou de pé num lugar um pouco afastado.

Minha irmã enfiou na boca várias vezes a colher com geleia de toranja. Por causa da sua barriga saliente, ela parecia imponente e altiva. Pedaços frágeis de polpa, quase derretendo, deslizaram por sua garganta.

"Será que o antifúngico pwh também destrói os cromossomos do feto?", pensei, observando a geleia que tremia no fundo da panela em movimentos minúsculos, como se estivesse amedrontada.

15 de junho (segunda-feira) 30 semanas + 0 dia

Começou a estação das chuvas e chove sem parar. O céu fica escuro e cinzento de manhã e de noite, sem distinção, e não posso apagar as luzes da casa. O barulho da chuva ecoa incessante no fundo da cabeça, como se fosse um zunido. A chuva é fria, e me questiono se o verão está mesmo se aproximando.

Apesar disso, o apetite da minha irmã continua igual.

Ela definitivamente engordou. Acompanhando o crescimento da sua barriga, a gordura também se acumulou nas bochechas, no pescoço, nos dedos e nos tornozelos. É uma gordura branca, turva e flácida.

Como não estou acostumada a ver minha irmã gorda, toda vez que reparo em sua silhueta flácida, contornada por gordura, fico confusa. Ela não demonstra nenhum interesse por essa mudança em seu corpo e come compenetrada, então não me cabe falar nada. Parece que seu corpo se transformou num grande tumor: aumenta cada vez mais, por conta própria.

Quanto a mim, continuo preparando a geleia de toranja. Em algum lugar da cozinha — dentro da cesta de frutas de vime entrelaçado, em cima da geladeira, ao lado do porta-condimentos — há toranjas. Pico sua casca, separo os gomos, misturo o açúcar e cozinho em fogo baixo.

Quando a geleia fica pronta, minha irmã come sem me dar tempo de guardá-la num pote. Ela põe a panela sobre a mesa e, praticamente a envolvendo com o braço esquerdo, enfia a colher dentro. Minha irmã não passa a geleia em algum pão ou bolacha: come-a pura. Vendo apenas o movimento vigoroso da colher e da sua boca, parece que ela está comendo arroz com curry. "Será que esse é o modo adequado de comer a geleia?", penso curiosa.

Sentei-me bem à sua frente e a observei. O cheiro da polpa ácida e o cheiro da chuva se misturavam e pairavam entre nós duas. Minha irmã praticamente ignorava minha presença.

— Você não passa mal comendo tanto? Não seria bom parar? — pergunto para testar sua reação, mas sem sucesso. Minha voz se confunde com o barulho da geleia se derretendo em sua língua e com o barulho da chuva.

Tenho a impressão de que observo fixamente minha irmã não por causa do seu modo estranho de comer a geleia, e sim por causa do seu corpo esquisito. Por causa da sua grande barriga saliente, a combinação de várias partes do corpo (por exemplo, panturrilha e bochecha, palma da mão e lóbulo da orelha, unha do polegar e pálpebra) se revelava desequilibrada e instável. Quando ela engolia a geleia, a gordura da garganta balançava devagar para cima e para baixo. O cabo da colher afundava nos seus dedos inchados. Eu notava em silêncio cada detalhe do seu corpo.

Ao lamber por completo a última colherada, minha irmã me observou com seus olhos molhados de criança mimada:

— Não tem mais? — murmurou.

— Vou fazer mais amanhã — respondi sem emoção.

Quando terminava de transformar todas as toranjas da casa em geleia, eu comprava mais no supermercado onde fazia trabalho temporário. Nessa hora, sempre perguntava para o encarregado da seção de frutas:

— Essa toranja é *made in* USA?

2 de julho (quinta-feira) 32 semanas + 3 dias

Já é o nono mês. Depois que os enjoos terminaram, sinto que as semanas estão passando mais rápido. Como se os sedimentos do tempo desagradável da época dos enjoos estivessem sendo lavados e removidos com vigor.

Minha irmã continua ocupando a maior parte do tempo comendo.

Mas hoje ela voltou desanimada da Clínica M. Levou uma bronca por causa do excesso de peso.

— Você sabia? A gordura se acumula também num lugar chamado canal vaginal. Por isso o parto fica mais difícil quando a grávida engorda — disse minha irmã e atirou a caderneta materno-infantil com irritação. Vi as palavras "Controle do peso" escritas em letras vermelhas na página "Desenvolvimento da gestação".

— Parece que o ideal é engordar cerca de seis quilos até o parto. Vou ter um parto difícil, sem dúvida — disse, soltou um suspiro e puxou o cabelo. Seu peso já tinha aumentado treze quilos.

— Não há nada que você possa fazer — murmurei olhando seus dedos inchados e comecei a preparar a geleia como sempre, na cozinha.

Quando me dei conta, fazer geleia de toranja tinha se tornado um hábito. Eu a preparava assim como penteava o cabelo de manhã, e minha irmã a comia.

— Você tem medo de ter um parto difícil? — perguntei, voltada para o balcão da pia.

— Tenho — admitiu minha irmã em voz baixa. — Ultimamente venho pensando em várias coisas relacionadas a dor: quando será que senti a dor mais intensa? Será que a dor do parto se assemelha mais à dor da fase terminal do câncer ou à dor de amputar as duas pernas? Nessas coisas. É muito difícil pensar na dor, é algo nem um pouco agradável.

— Ah é? — eu disse, sem interromper meu trabalho.

Minha irmã segurava firmemente a caderneta materno-infantil. O bebê desenhado na capa estava torto e parecia chorar.

— Mas o que me dá mais medo é ter de encontrar meu bebê. — Ela olhou para sua barriga saliente. — Não consigo entender direito que o ser que cresce cada vez mais aqui dentro, por conta própria, é meu filho. Ele é abstrato e vago, mas, ao mesmo tempo, é absoluto, e não consigo fugir dele. Quando desperto de manhã, enquanto estou emergindo do sono profundo, devagar, há um momento em que sinto que os enjoos, a Clínica M, essa barrigona, tudo não passa de ilusão. Nesse momento me sinto aliviada e penso: ah, tudo não passou de um sonho. Só que quando desperto por completo, olho meu corpo e me dou conta de que não foi um sonho. Fico muito deprimida. Nessa hora percebo que estou com medo de encontrar meu bebê.

Ouvia sua voz às minhas costas. O açúcar, os pequenos pedaços da polpa e as cascas picadas se misturavam numa coloração dourada, e alguns gomos estouravam aqui e acolá, fazendo barulho. Baixei o fogo e remexi o fundo da panela com uma grande colher.

— Você não tem nenhum motivo para ficar com medo. O bebê é só um bebê. É tão macio e parece derreter, está sempre com as mãos cerradas e chora emitindo uma voz triste. É só isso — falei, observando a geleia que grudava na colher e formava um redemoinho.

— Comigo as coisas não vão ser tão simples e belas como diz. Ao sair de dentro de mim, o bebê vai ser meu, independente da minha vontade. Não tenho liberdade de escolha. Mesmo que tenha uma mancha vermelha na metade do rosto, mesmo que os dedos estejam todos grudados, mesmo que não tenha cérebro, mesmo que sejam gêmeos siameses...
— Minha irmã listou várias condições horríveis.

A voz dela se misturava ao som agudo da colher raspando o fundo da panela e ao barulho da geleia viscosa.

"Quanto de PWH será que tem aqui dentro?", murmurei para mim mesma enquanto observava a geleia. A geleia límpida e transparente que brilhava sob a lâmpada fluorescente me fez lembrar um frasco frio de produto químico. O produto químico que destruía os cromossomos de fetos balançava dentro do frasco de vidro transparente.

— Ei, está pronta. — Virei-me, segurando firme o cabo da panela. — Sirva-se — ofereci a geleia para minha irmã.

Depois de observar a geleia por um momento, ela começou a comer em silêncio.

22 de julho (quarta-feira) 35 semanas + 2 dias

Começaram minhas férias de verão da faculdade. Será que a partir de agora terei de acompanhar a gravidez da minha irmã vinte e quatro horas por dia?

Mas a gravidez não dura para sempre. Ela chega ao fim um dia. Acaba no momento em que nasce o bebê.

Às vezes tento imaginar a cena de nós três — eu, minha irmã e meu cunhado — e o bebê. Porém nunca funciona. Não consigo visualizar a expressão dos olhos do meu cunhado ao carregar o bebê, nem o peito branco da minha irmã o amamentando. Só consigo imaginar a foto do cromossomo que vi numa revista científica.

8 de agosto (sábado) 37 semanas + 5 dias

Finalmente já é o último mês. O bebê pode nascer a qualquer momento. O inchaço da barriga da minha irmã está quase no limite máximo. Fico preocupada se seus órgãos internos estão funcionando normalmente mesmo com a barriga tão inchada assim.

Na casa quente e úmida em pleno verão, nós três simplesmente esperamos em silêncio. Esperamos esse momento que não sabemos quando vai chegar, calados. Os únicos sons que ouvimos são a respiração dolorosa da minha irmã movendo os ombros, a água da mangueira que meu cunhado joga no quintal e o ventilador que gira seu pescoço debilmente.

Quando esperamos alguma coisa, é normal que o peito aperte por causa de uma pitada de medo e preocupação. O mesmo se dá quando esperamos as contrações. Tenho medo de pensar no quanto os nervos da minha irmã serão devastados pelas contrações. Espero que esta tarde silenciosa e quente dure para sempre.

Por mais calor que fizesse, minha irmã enchia sua boca de geleia de toranja recém-tirada do fogo, que chegava a queimar a língua, e engolia praticamente sem saborear. Seu perfil cabisbaixo tinha um ar triste, como se chorasse. Ela movia a colher da panela para a boca incessantemente, como se tentasse impedir as lágrimas. Atrás dela, o verdor do quintal empalidecia ao ser golpeado pela luz intensa. Nós duas éramos envolvidas totalmente pelo zumbido das cigarras.

— Estou ansiosa para saber como será o bebê. — Quando murmurei isso, minha irmã deteve a mão só por um instante e piscou os olhos, mas logo começou a comer sem me responder. Eu pensei no formato dos cromossomos danificados.

11 de agosto (terça-feira) 38 semanas + 1 dia

Quando voltei do meu trabalho temporário, encontrei um bilhete do meu cunhado na mesa.

"As contrações começaram. Fomos à clínica." Li esse bilhete curto várias vezes. Ao seu lado havia uma colher suja de geleia. Joguei-a na pia e pensei por um momento no que deveria fazer. Reli o bilhete e saí de casa.

A luz envolvia toda a paisagem. O para-brisa do carro e os respingos do chafariz do parque reluziam. Baixei os olhos e caminhei enxugando o suor. Duas crianças com chapéu de palha me ultrapassaram correndo.

O portão principal da escola primária estava fechado e o extenso pátio parecia solitário. Depois de passar pela escola, havia a pequena floricultura. Não vi nem o atendente, nem os clientes. Uma gipsófila balançava levemente na vitrine.

Virando a esquina, a Clínica M ficava no final da rua. Como dissera minha irmã, só nesse lugar o tempo não passava. A Clínica M, que tinha ficado confinada dentro da minha memória por longos anos, estava diante de mim, inalterada. Havia uma grande canforeira ao lado do portão, a porta de vidro estava embaçada, e as letras da placa, desbotadas. Na rua não havia sinal de gente, e só minha sombra era nítida.

Ao seguir o muro e chegar aos fundos, deveria dar de cara com um portãozinho meio quebrado. "Esse portão também deve continuar quebrado", por alguma razão senti isso com clareza. Dito e feito, faltava uma das dobradiças.

Ao passar pelo portão, tomando cuidado para não prender a roupa no prego, havia o pátio interno com gramado. Quando pisei o verde aparado com cuidado, meu coração começou a bater forte como antigamente. Limpei o suor da testa com a palma da mão e, levantando o olhar, vi a Clínica M. Os vidros de todas as janelas cintilaram ao mesmo tempo, incomodando meus olhos.

Ao me aproximar lentamente do prédio, senti o cheiro da tinta da moldura da janela. Não havia sinal de gente nem vento, e nada se movia além de mim. Mesmo sem as caixas de gaze e algodão, eu conseguia espiar a sala de consultas facilmente. Ali não havia nem médico, nem enfermeira. Estava escura como a sala de ciências da escola depois das aulas. Forcei os olhos e examinei os frascos de remédio, o equipamento de medir a pressão, a foto que ilustra como virar o feto de cabeça para baixo e o aparelho de ultrassom, um por um. O vidro da janela que tocava meu rosto estava morno.

Tive a impressão de ter ouvido um bebê chorando baixinho. Bem longe do brilho da luz do sol ecoava um vibrante som de choro molhado de lágrimas. Ao prestar atenção, esse som foi sendo absorvido diretamente pelo meu tímpano e senti uma dor sufocante no fundo dos ouvidos. Olhei para o terceiro andar. Uma mulher de camisola olhava ao longe. A curva dos seus ombros se refletia no vidro da janela. O cabelo solto caía no seu rosto produzindo uma sombra pálida, e eu não sabia se era minha irmã. Ela abriu de leve os lábios opacos e piscou os olhos. O piscar foi breve como o de quando as lágrimas transbordam dos olhos. Quando tentei me concentrar para ver melhor, a luz solar que se refletiu no vidro obstruiu meu campo de visão.

Subi a escadaria de emergência seguindo o choro do bebê. A cada degrau, a escada de madeira rangia como se resmungasse. Meu corpo estava morrendo de calor, exausto, mas a palma da minha mão que segurava o corrimão e o interior da orelha onde o choro do bebê era absorvido estavam gelados. À medida que o gramado se afastava pouco a pouco dos meus pés, a luz ia ficando mais forte e densa.

O bebê chorava sem parar. Quando abri a porta do terceiro andar, a claridade de fora foi obstruída abruptamente e senti tontura. Concentrei-me no choro que vinha como ondas e fiquei parada por um tempo. Nisso surgiu vagamente o corredor que seguia para os fundos. Comecei a caminhar na direção do berçário para conhecer o bebê destruído da minha irmã.

Dormitório

Não faz muito tempo que notei a existência desse som. Mas será mesmo que o notei há pouco? Não posso afirmar categoricamente. Na linha da noção de tempo que segue direto ao passado há, por alguma razão, uma parte bastante nebulosa, e o som se encontra em silêncio nesse local. Quando me dei conta, já o estava ouvindo. Não sei quando nem de onde ele surgiu. Apareceu de algum lugar, como microrganismos que, de súbito, começam a desenhar manchas sofisticadas num meio de cultura da placa de Petri transparente.

É audível somente em determinados momentos. Não posso ouvi-lo sempre que quero. Já ouvi quando observava a luz da cidade no último ônibus circular do dia, e também quando ganhei um ingresso de uma mulher cabisbaixa e melancólica na entrada de um museu deserto. Ele aparece de forma inusitada, a seu bel-prazer.

O único ponto em comum é que minha mente sempre se volta para um lugar especial do passado quando ouço esse som. Ele vem acompanhado de uma leve dor no peito. É quando me lembro de um velho dormitório estudantil: um prédio não muito grande, de design simples, com três pisos de concreto reforçado. Os vidros escuros das janelas, as cortinas amareladas e as paredes externas com rachaduras revelam sua idade. Apesar de ser um dormitório estudantil, não há nada que lembre os estudantes: motos, raquetes ou tênis. Só seu contorno é nítido e marcante.

Não se trata de um prédio em ruínas. Eu consigo sentir, claramente, a respiração de seres dentro do concreto que quase desmorona. O calor e o ritmo dessa respiração penetram em silêncio na minha pele.

Faz mais de seis anos que deixei aquele dormitório estudantil, mas consigo me lembrar dele bem nitidamente por causa desse som que surge de forma inesperada.

Consigo ouvi-lo só por um breve instante, quando minha mente volta àquele dormitório. Minha mente fica toda em branco como um campo extenso coberto de neve, e algo ressoa vagamente no fim do céu muito alto. Para falar a verdade, não posso afirmar com certeza que se trata de um som. Talvez vibração, fluido ou pontadas sejam denominações mais adequadas. Por mais que eu tente me concentrar, não consigo descobrir o que é.

Em todo caso, a origem, o tom, o modo de vibrar, tudo é ambíguo nesse som, e não encontro palavras para descrevê-lo. Às vezes me sinto impotente diante de tamanha ambiguidade e tento pensar em metáforas: murmúrio do chafariz quando uma moeda colide no fundo, no inverno; som da linfa tremendo dentro da cóclea, no interior da orelha, ao descer do carrossel; som da noite atravessando a palma da mão que segura o fone quando o namorado desliga o telefone... Mas quantas pessoas vão compreender esse som com tais metáforas?

Meu primo me ligou numa tarde do início de primavera, quando soprava um vento gelado.

— Alô, me desculpe ligar assim do nada — disse. No começo, eu não sabia quem era. — Quanto tempo. Faz quase quinze anos que não nos vemos. Talvez não se lembre, mas brincamos bastante quando éramos crianças. — Ele parecia nervoso, sem saber como se explicar. — Sou seu primo, você cuidava de mim na casa da vovó, no interior, nas férias de Ano-Novo e de verão...

Só então me lembrei de quem se tratava.

— Nossa, quanto tempo — falei, surpresa com a ligação completamente inesperada.

— Pois é — respondeu ele com um grande suspiro, aliviado. — Estou ligando porque queria te pedir um favor — disse em tom sério.

Demorei para compreender minha situação. Um primo bem mais novo, com quem não mantive nenhum contato por quinze anos, estava ligando, de repente, querendo me pedir um favor. Precisei de um tempo para assimilar com calma cada um desses fatos. Mas, por mais que pensasse, não fazia a menor ideia do que eu poderia fazer por ele. Sem outra opção, esperei-o continuar.

— Vou começar a faculdade em abril.

— Nossa, você já vai entrar na faculdade? — Minha surpresa era sincera. Se não me engano, ele tinha quatro anos na última vez que o vi.

— É, e preciso arranjar um lugar para morar, mas não estou conseguindo. Então me lembrei de você, de repente.

— De mim?

— É, ouvi dizer que você morava num dormitório muito bom.

Nesse momento precisei buscar novamente na memória. Os quatro anos que tinha passado naquele dormitório estudantil, dos meus dezoito aos vinte e dois, estavam tão distantes como a lembrança da época em que brincara com meu primo.

— Como você sabia que eu morava num dormitório?

— Nossa diferença de idade é bem grande, mas há boatos que circulam entre os parentes — respondeu meu primo.

De fato, aquele dormitório podia ser uma boa opção para ele. Não era guiado por ideologias políticas nem regras enviesadas, e tinha uma atmosfera silenciosa e reservada. Parecia nem haver uma preocupação com lucros, pois o aluguel do quarto era assustadoramente barato.

O dormitório não era administrado por nenhuma empresa ou associação, e sim por uma pessoa. Talvez por isso fosse mais adequado chamá-lo de alojamento. Mas, sem dúvida nenhuma, era um dormitório estudantil: tinha um saguão com teto alto na entrada, uma tubulação de vapor que seguia pela parede do corredor, um pequeno canteiro de flores no pátio interno cercado por tijolos. Cada um desses cenários se fundia perfeitamente com o ressoar da palavra "dormitório". Pensando na palavra "alojamento", eu nunca teria conseguido imaginar aqueles cenários.

— Só que ele fica longe da estação, o quarto é apertado, e o prédio, bem velho. E já se passaram alguns anos desde que saí de lá — enumerei primeiro as desvantagens.

— Tudo bem. Não me importo com isso. Estou apertado agora — disse meu primo categoricamente. O pai dele, meu tio, tinha morrido de alguma doença quando ele era criança, e esse era um dos motivos de termos perdido contato. Por isso era normal ele se preocupar com dinheiro.

— Entendo. Em termos financeiros, lá é a melhor opção, com certeza. Você pode ficar tranquilo.

— É mesmo? — disse ele, feliz.

— Vou tentar contatá-los. Sempre havia quartos vagos, então acho que vai ter vaga para você também. Mas talvez tenha falido porque não dava lucro. Você pode morar comigo até encontrar uma moradia. Pode vir a Tóquio a qualquer momento.

— Muito obrigado — respondeu.

Senti que ele sorria do outro lado da linha.

Foi assim que voltei a ter relação com aquele dormitório estudantil.

Antes de mais nada, precisava ligar para lá. Entretanto, tinha me esquecido completamente do número de telefone. Insegura, abri a lista telefônica comercial. Não tinha certeza de que um dormitório modesto como aquele constava da lista. Mas constava. No meio de anúncios de dormitórios atraentes, "Equipado com ar-condicionado, sistema de segurança, sala de ginástica, sala de piano com isolamento acústico. Banheiro, aparelho telefônico e armário em cada quarto. Ambiente agradável, um recanto verde no centro da cidade...", achei o nome e o número de telefone do dormitório que procurava, escritos em apenas uma linha.

Foi o professor quem atendeu a ligação. Ele era o proprietário e ao mesmo tempo o síndico, e residia no local. Por tradição, era chamado de professor pelos estudantes.

— Morei no dormitório seis anos atrás, por quatro anos... — Quando revelei meu sobrenome de solteira, o professor logo se lembrou de mim.

Seu modo de falar não tinha mudado em nada. Eu havia memorizado sua imagem com base no seu modo marcante de falar e fiquei mais tranquila ao ouvir que sua voz não mudara. Era rouca e falava soltando o ar lentamente, como se respirasse. Sua voz era tão fugaz que eu tinha a impressão de que seria sugada para o fundo de sua respiração profunda.

— Eu tenho um primo que vai entrar na faculdade em abril deste ano e está procurando um lugar para morar. Será que há vagas no seu dormitório? — expliquei em poucas palavras.

— É mesmo? — disse o professor, hesitante, e suspirou.

— Há algum problema?

— Não, não é isso — respondeu e se calou.

— Será que o senhor fechou o dormitório?

— Não, o dormitório ainda está funcionando. Como não tenho outro lugar para morar, enquanto eu permanecer aqui, ele vai funcionar — enfatizou a palavra "funcionar". — Só que seu modo de operar, seu mecanismo, mudou desde a época em que você morava aqui.

— Mecanismo?

— Sim. Não sei como explicar. De qualquer forma, a situação atual está difícil e complicada. — Ao dizer isso, ele tossiu baixinho do outro lado da linha. Ouvindo-o tossir, pensei na situação difícil e complicada que poderia recair sobre um dormitório estudantil.

— Vou tentar explicar de forma concreta: para começar, o número de estudantes diminuiu muito. Mesmo na época em que você morava aqui, havia muitos quartos vagos, mas agora eles aumentaram bastante, não tem comparação. Por isso tivemos de fechar o refeitório. Você se lembra do cozinheiro que trabalhava aqui?

— Sim — respondi, lembrando-me do cozinheiro que trabalhava em silêncio na cozinha estreita e comprida.

— Infelizmente precisei demiti-lo. Era um bom cozinheiro... Quanto à banheira coletiva, não podemos aquecer a água diariamente. Só uma vez a cada dois dias. A lavanderia e a loja de bebidas alcoólicas não fazem mais entregas. Suspendemos atividades como piquenique na primavera e festa de Natal.

A voz do professor foi ficando cada vez mais hesitante.

— Essas mudanças não influenciam muito a situação do dormitório, não é? — falei. — Não tem nada de difícil nem complicado.

Parecia que eu o estava encorajando.

— Sim, tem razão. Essas mudanças concretas em si não têm nenhum significado. O que descrevi agora é só a parte mais periférica daquilo que preciso transmitir de verdade, digamos, o crânio. A essência do problema está oculta no interior da glândula pineal, que por sua vez fica dentro do cerebelo, que fica dentro do cérebro — disse o professor, escolhendo as palavras com cuidado.

Tentei compreender a situação de decadência do dormitório, lembrando-me da página "Estrutura do cérebro" do livro de ciências do ensino fundamental, mas em vão.

— Não posso falar mais nada além disso. De qualquer forma, este dormitório está num processo de transformação especial. Mas isso não é motivo para recusar possíveis interessados, como seu primo. Por isso ele pode vir morar aqui, sem problemas. Para ser sincero, estou feliz por você não ter se esquecido deste lugar. Diga ao seu primo para trazer uma cópia do registro familiar e certificado de matrícula. Ah, e a assinatura de um fiador também.

— Está bem — disse a ele com um sentimento ambíguo e desliguei o telefone.

Houve muitos dias nublados na primavera deste ano. Parecia que um vidro fosco cobria o céu todos os dias. A gangorra do parque, o relógio de flores da praça em frente à estação, a bicicleta da garagem, tudo era envolvido por uma luz opaca. Por muito tempo a cidade não conseguiu se livrar das reminiscências do inverno.

Minha vida também era envolvida por essa estagnação sazonal e pairava sempre no mesmo lugar, em círculos. Ao despertar de manhã, eu ficava deitada distraída na cama, esperando o tempo passar, depois preparava e tomava um café da manhã básico. Passava praticamente o dia inteiro fazendo patchwork. A tarefa era simples: estendia os retalhos por toda a mesa e os ligava costurando-os um por um. À noite preparava outra refeição frugal e ficava um bom tempo assistindo à tevê. Não tinha nenhum compromisso, nenhum prazo nem plano. Vários dias inflados e sem consistência passavam um em seguida do outro.

Naquele momento, eu estava dispensada de todos os tipos de incômodos relacionados à vida cotidiana. Meu marido tinha sido transferido para a Suécia para trabalhar na construção de um gasoduto de petróleo em alto-mar, e fiquei de esperá-lo no Japão até ele ajeitar a vida no novo país e me chamar. Estava confinada, como num casulo, nesse tempo morto que se me apresentara de repente.

Às vezes ficava insegura quando pensava em como seria a vida na Suécia. Não sabia nada dos alimentos nem dos programas de tevê do país, nem das feições dos suecos. Ao imaginar que precisaria me mudar para um lugar abstrato como esse, queria que o tempo de espera fosse o mais longo possível.

Certa noite soprou uma ventania de primavera e houve trovoadas. Elas eram muito fortes, talvez as mais fortes que eu já presenciara até então. Soavam tão assustadoras que, no começo, pensei que estivesse tendo um sonho fantástico. Vários raios curtos surgiram no meio da noite azul ultramarina, sempre acompanhados de um estrondo que parecia um armário de louças de vidro caindo e se espatifando no chão. Um trovão vindo de longe produzia um estrondo bem acima do telhado de casa e, quando esse som ainda ecoava, ouvia-se outro estrondo. Os estrondos ocorriam em sequência e eram tão próximos que eu tinha a impressão de que conseguiria agarrá-los com as mãos.

    O temporal demorou a passar. Na cama, fiquei entregue à escuridão profunda que podia ser confundida com o fundo do mar. Ao prender a respiração, em silêncio, senti que a escuridão vibrava levemente. As partículas da treva se chocavam no ar como se estivessem amedrontadas. Apesar de estar completamente sozinha, não senti medo. Envolvida pelo temporal, consegui manter a serenidade. Era como se fosse carregada para algum lugar distante. Senti que o temporal me levava para um lugar muito distante ao qual, sozinha, eu não conseguiria chegar. Não sabia que lugar era esse. Só senti que era um lugar calmo e silencioso, sem nenhuma perturbação. Enquanto ouvia o barulho do temporal, tentei perfurar a escuridão para avistar esse lugar distante.

    No dia seguinte ao temporal, meu primo veio me visitar.

— Que bom que veio — eu disse. Fazia tempo que não falava com um jovem como ele e me calei, sem saber como continuar.

— Obrigado por tudo que está fazendo por mim — disse ele, curvando-se devagar.

Ele tinha crescido muito desde a última vez que eu o vira. As linhas do pescoço, dos dedos e dos seus braços compridos ficaram marcadas no fundo dos meus olhos. Os músculos envolviam essas linhas de forma balanceada. Porém, o mais marcante nele era seu sorriso delicado. Ele inclinava a cabeça um pouco para baixo, tocando na armação prateada dos óculos com o indicador da mão esquerda. Nessa hora, seu hálito delicado escapava levemente entre os dedos. Com certeza era um sorriso, mas, com o rosto virado para baixo, parecia também um suspiro triste. Toda vez que ele sorria, eu o fitava para não deixar escapar nem o mínimo movimento de sua expressão.

Começamos a conversar aos poucos. O que a mãe dele estava fazendo, os principais acontecimentos desde quando ele tinha quatro anos até hoje, agora aos dezoito, o motivo de meu marido não estar aqui. No começo havia intervalos muito espaçados entre um assunto e outro. Sem suportar o silêncio, eu ora acenava com a cabeça, dizendo "aham" sem nenhum significado, ora tossia.

Mas quando começamos a falar das lembranças da nossa infância, do tempo que passávamos na casa da nossa avó, as palavras começaram a brotar aos poucos da minha boca. Meu primo se lembrava assustadoramente bem dos momentos que havíamos passado juntos. Ele não se lembrava do contexto nem dos acontecimentos anteriores e posteriores, mas tinha gravado nitidamente a coloração de cada cena.

— Quando tirávamos o fio da ervilha junto com a vovó no alpendre, os caranguejos de água doce entravam no quintal com frequência. — Meu primo se lembrou das tardes de verão no interior.

— Sim, é mesmo — falei. Minhas antigas memórias também começaram a voltar uma em seguida da outra.

— Toda vez que via um caranguejo, eu gritava: "Pega, prima!"

— Sim, e quando eu disse que podíamos comer os caranguejos de água doce, você fez uma cara de quem estava confuso. "Mas ainda estão vivos", você disse, porque achava que só podíamos comer os que estavam mortos.

Ele riu alto.

— Quando você enfiou os caranguejos na água fervente, eles se debateram por um tempo, arranharam a parede da panela com as garras, mas depois ficaram em silêncio. Nessa hora o vermelho opaco virou um vermelho límpido e brilhante. Eu adorava ver esse processo em que os caranguejos de água doce viravam alimento.

Dessa forma, confirmamos um com o outro que todas aquelas cenas haviam mesmo acontecido. Quando ele mostrava seu sorriso marcante no meio da conversa, conseguia abrir ainda mais meu coração.

Como ele tinha vindo para Tóquio praticamente sem trazer nada, precisava comprar várias coisas, mesmo no caso de morar em dormitório. Listamos os itens necessários numa folha, enumeramos todos eles por ordem de prioridade e elaboramos um plano para ele poder adquirir o maior número possível de itens dentro do orçamento, que era restrito. Tivemos de descartar vários itens e usar a criatividade para suprir sua falta. Andamos por várias partes de Tóquio em busca de produtos baratos e de boa qualidade, munidos de informações e dicas. Por exemplo, para conseguirmos uma bicicleta, que era o item mais prioritário, passamos por cinco lojas, gastando metade do dia, e escolhemos uma usada que concluímos ser a mais resistente e barata. Quanto à estante de livros, ele resolveu pintar de novo e usar a que havia no galpão da minha casa. E eu decidi lhe oferecer os livros e materiais didáticos como presente por ele ter passado no vestibular.

Essas compras modestas me deixaram nostálgica, e a atmosfera entre nós dois se tornou ainda mais harmoniosa. Ficamos felizes por cada item comprado pois isso significava atingir nossa meta em comum. Como a meta era modesta, maior era nossa sensação de paz.

Minha vida, que antes parecia a de um bicho-da-seda adormecido, de repente começou a pulsar forte. Preparava todos os dias uma refeição sofisticada para meu primo, acompanhava-o em todas as compras e o levei também para visitar os pontos turísticos de Tóquio. O patchwork que eu estava fazendo ficou guardado, amarrotado dentro da caixa de costura. Os cinco dias passaram num piscar de olhos.

Chegou o dia de o meu primo fazer a inscrição no dormitório estudantil. Trocamos de trem três vezes e, depois de uma hora e meia de viagem, chegamos a uma pequena estação em um subúrbio de Tóquio.

Era a primeira vez que eu descia nessa estação desde que tinha me formado e saído do dormitório. A atmosfera em geral não mudara praticamente nada, comparada com seis anos atrás. Era um bairro comum: uma rampa suave aparecia logo à saída da catraca, um jovem guarda estava na frente do posto policial e os estudantes passavam pelo meio do calçadão comercial de bicicleta.

— Como é o professor que administra o dormitório? — perguntou meu primo, quando já tínhamos deixado a agitação da frente da estação e estávamos na área residencial.

— Para falar a verdade, eu também não sei direito — respondi com sinceridade. — Sei apenas que ele é proprietário e administrador do lugar. Só fico na dúvida se a palavra "administrar" é adequada para aquele empreendimento. Acho que não dá lucro. Mas também não parece ter fins religiosos nem ser uma estratégia de alguma empresa para pagar menos impostos. Por que será que não usam um grande terreno como aquele de forma mais eficaz?

— Para um estudante sem dinheiro como eu, é uma mão na roda. Será que não é uma espécie de centro de caridade?
— Será?
Num canto da rua, crianças gêmeas em idade escolar jogavam badminton. Eram completamente idênticas e nenhuma das duas deixava a peteca cair. Ela ia e vinha, formando uma curva simétrica. Na varanda de um apartamento, uma mulher secava um colchão de bebê. Do pátio de um colégio técnico ecoava o som de bolas batendo num taco de beisebol de metal. Era uma tarde tranquila de primavera.
— O professor mora num dos quartos do dormitório. O quarto é apertado, igual ao dos estudantes. Não é nenhum cômodo especial. Ele mora sozinho. Não sei o que houve, mas ele parece não ter família. Nunca vi fotos de parentes, e ele tampouco recebia visitas.
— Quantos anos ele tem? — perguntou meu primo.
Nessa hora percebi que nunca havia conjecturado sobre a idade do professor. Por mais que pensasse no seu rosto, só tinha a vaga impressão de que não era muito jovem. Talvez por ele estar isolado de várias coisas: da família, da posição social, e até da idade. Ele não estava ligado a ninguém, não fazia parte de nada.
— Acho que ele já deve estar na segunda metade da vida — respondi, sem outra alternativa. — De qualquer forma, muitos mistérios envolvem o professor. Mesmo morando ali, tínhamos poucas oportunidades de vê-lo. Só nos encontrávamos com ele na hora de pagar o aluguel ou quando avisávamos que a lâmpada do patamar da escada havia queimado, que a torneira da lavanderia estava vazando, essas coisas. Mas não se preocupe. Ele não é uma pessoa desagradável. Isso eu garanto.

— Certo — disse meu primo, acenando com a cabeça.

Depois daquela noite de temporal, a primavera tinha chegado com toda a força. O céu continuava nublado, mas sentíamos no vento que soprava um calor persistente. Meu primo carregava firmemente debaixo do braço esquerdo o envelope com os documentos para fazer a inscrição no dormitório. Um passarinho cantava em algum lugar distante.

— Eu ia me esquecendo de te falar uma coisa — resolvi revelar o que estava entalado na minha garganta havia bastante tempo. Meu primo me olhou e aguardou minhas palavras. — O professor não tem braços nem uma das pernas — falei, e seguiu-se um breve momento de silêncio.

— Não tem braços nem uma das pernas... — repetiu meu primo em voz suave.

— É, só tem a perna direita, para ser mais precisa.

— O que houve com ele?

— Não sei. Acho que foi acidente. Havia rumores entre os estudantes: alguns diziam que ele se enroscou numa máquina de prensa; outros, que foi acidente de trânsito. Mas ninguém tinha coragem de perguntar para ele. Afinal, o motivo de alguém perder dois braços e uma perna só pode ser triste.

— Sim — disse meu primo, olhando para o chão e chutando uma pedrinha.

— Ele consegue fazer tudo sozinho. Consegue comer, se trocar e sair de casa. Consegue usar o abridor de latas e até a máquina de costura. Por isso você também vai se acostumar logo e não vai ligar que ele não tenha os braços nem uma das pernas. Vendo-o fazer tudo, a gente começa a achar que não ter os braços e uma das pernas não é um problema muito grave. Só achei melhor te dizer, porque você poderia se assustar.

— Ah, sim — concordou, chutando outra pedrinha.

Dobramos algumas esquinas, atravessamos o cruzamento e subimos a rampa. Passamos por um salão de beleza com perucas fora de moda na vitrine, uma casa grande com uma placa anunciando "Aulas de violino aqui", grafada à mão, e um terreno agrícola da prefeitura para alugar, com cheiro de terra. Todo esse cenário me era familiar. Era curiosa a sensação de caminhar ao lado de um primo que eu achava que nunca mais iria ver, em meio a paisagens familiares. As recordações de quando meu primo era criança se misturavam às do dormitório de forma harmônica, como numa aquarela.

— Como será que é morar sozinho? — disse meu primo de repente, como se pensasse alto.

— Está preocupado? — perguntei.

Ele abanou a cabeça negativamente.

— Não, de forma alguma — falou. — Só um pouco nervoso. Toda vez que algo novo começa a acontecer na minha vida, sinto isso. Fiquei assim quando meu pai morreu, quando a menina por quem era apaixonado mudou de escola, quando vi meu amado pintinho ser devorado por um gato vira-lata.

— A sensação de morar sozinho talvez seja parecida com a de perder alguma coisa — eu disse, e olhei para seu rosto. Ele olhava para a frente, para longe, e, para além do seu perfil, vi se estender um céu turvo. "Ele é tão jovem, mas já perdeu várias coisas importantes: o pintinho, a garota por quem era apaixonado e o pai", pensei.

— Mas mesmo nos sentindo solitários quando moramos sozinhos, não é isso que nos deixa tristes — acrescentei. — Essa é a diferença de perdermos alguma coisa. Inclusive perdendo tudo o que temos, não perdemos a nós mesmos. É por isso que você deve ter muita confiança em si e não pode ficar triste por estar sozinho.

— Acho que entendo o que você quer dizer — declarou meu primo.

— Então, não fique nervoso — falei, e bati nas suas costas de leve. Meu primo tocou na armação dos óculos com o dedo e mostrou aquele sorriso marcante que acalentava meu coração.

Caminhamos na direção do dormitório, ora conversando, ora calados. Além da aparência física do professor, mais uma coisa me incomodava. "O dormitório está num processo de transformação especial", lembrei-me várias vezes dessas palavras do professor e pensava em como falar isso para meu primo. Mas, quando eu ainda procurava a melhor maneira de dizê-lo, dobramos a última esquina e chegamos.

O dormitório estava desolado.

O aspecto geral não se alterara, porém alguns detalhes, como a maçaneta da porta de entrada, o corrimão da escadaria de emergência, a antena do telhado, evidenciavam a decadência. Talvez fosse um envelhecimento natural, pois vários anos tinham se passado desde que eu deixara o lugar. Contudo, no silêncio que envolvia todo o dormitório havia uma força profunda e misteriosa. Mesmo descontando o fato de ser férias de primavera, esse silêncio absoluto parecia não ter explicação.

Fiquei parada em frente ao portão por um momento, não por uma sensação de nostalgia, mas impressionada pela quietude. Ervas daninhas cresciam no quintal, e havia um capacete jogado no canto do estacionamento de bicicletas. Quando ventava, as ervas do pátio balançavam como se sussurrassem.

Olhei cada uma das janelas à procura de sinais de gente. A maioria estava firmemente fechada, parecendo enferrujada, e das poucas janelas abertas espiavam cortinas desbotadas. O pó se acumulava em todas as varandas, e garrafas vazias de cerveja e prendedores de roupa estavam jogados de forma aleatória.

Ainda observando o prédio, dei um passo na direção do meu primo, e o meu ombro tocou de leve na altura do seu peito. Olhamos um para o outro, fizemos um sinal com os olhos e avançamos na direção do dormitório, com cautela.

Ele continuava assustadoramente igual. A estampa do tapete de entrada, o orelhão antiquado que só aceitava moedas de dez ienes, a sapateira com a dobradiça quebrada, tudo se mantinha inalterado. Mas, por causa da quietude profunda que envolvia o local, esses objetos pareciam solitários e cabisbaixos.

Não havia estudante em lugar algum. Quanto mais adentrávamos, mais denso parecia ficar o silêncio. Só o som dos nossos passos era sugado pelo teto de concreto.

O quarto do professor ficava depois do refeitório. Este, que perdera seu cozinheiro, tinha ares de que não era usado havia muito tempo, e tudo estava completamente seco. Caminhamos devagar, hesitantes a cada passo, e atravessamos o refeitório.

Meu primo bateu à porta, e ela se abriu depois de um tempo, produzindo um ruído de algo que enrosca em alguma coisa. Como o professor abria a porta curvando o corpo e inclinando a cabeça, prendendo a maçaneta entre o queixo e a clavícula do ombro, a porta sempre se abria dessa forma, desajeitada.

— Sejam bem-vindos.
— Muito prazer.
— Quanto tempo, professor.

Como não podíamos nos cumprimentar apertando as mãos, cada um se curvou dizendo palavra cordiais.

Como antigamente, o professor continuava usando um quimono de cor azul-marinho opaco, cujas mangas ficavam caídas, e uma prótese na perna esquerda. Quando ele apontou o sofá com o ombro e disse para nos sentarmos, a manga do quimono balançou de leve.

Quando eu morava no dormitório, só falava com o professor à porta de seu quarto e nunca tinha entrado no aposento. Estava vendo seu interior pela primeira vez. Resumindo, diria que era um quarto compacto e prático. Tudo parecia respeitar sua posição determinada, calculada com precisão. Os lápis e as canetas, as louças e o aparelho de tevê estavam dispostos em melhores posições para serem manuseados com o queixo, a clavícula e o pé. Por isso, quando se levantavam os olhos acima de determinada altura, não se via mais nenhum objeto. Só era visível uma mancha de cerca de quinze centímetros de diâmetro no canto do teto.

Os procedimentos formais logo foram concluídos. Os documentos apresentados pelo meu primo não tinham nenhuma falha. O professor não mencionou a "transformação especial" sofrida pelo dormitório. Depois de ouvir a explicação formal, meu primo assinou o juramento institucional com cuidado, com letras quadradas. "Neste dormitório para estudantes prometo levar uma vida feliz", era esse o conteúdo do sucinto juramento. "Feliz", murmurei no fundo do meu coração. Observando essas palavras líricas que não combinavam em nada com um juramento, pensei: "Será que eu também assinei isso?" Por mais que tentasse, não consegui me lembrar. Não me lembrava de ter recebido esse juramento do professor, nem da palavra "feliz", nada. Percebi que me esquecera de algumas coisas importantes relacionadas a este dormitório.

— Bem — disse o professor. — Vou preparar chá.

Sua voz continuava levemente rouca. Meu primo se virou para mim com olhos preocupados, como se não entendesse o que o professor queria dizer. De fato, era difícil imaginá-lo preparando chá. "Não se preocupe, ele consegue fazer tudo sozinho", olhei para meu primo querendo transmitir isso. Ele cerrou os lábios com força, nervoso, e olhou o professor.

Sobre a mesa havia uma lata com folhas de chá, um bule, a chaleira elétrica e chávenas, dispostos a intervalos regulares entre si. O professor pôs sua perna direita na mesa, com leveza, apoiando-se na prótese da perna esquerda. O movimento foi tão rápido que nem teríamos percebido se estivéssemos distraídos. O pé direito estava à nossa frente, como se fosse feito de algodão macio. A posição antinatural do seu corpo dobrado profundamente e seu movimento elegante ao levantar a perna direita eram contrastantes e causaram em nós uma sensação curiosa.

A seguir, o professor abriu a lata de chá usando o queixo e a clavícula, da mesma forma como havia girado a maçaneta da porta, e enfiou as folhas de chá no bule. Essa sequência de movimentos também se mostrou extraordinária. A força aplicada, o ângulo de inclinação da lata, a quantidade de folhas de chá, tudo era perfeito. O queixo com a curva delicada e a clavícula robusta se moviam corretamente como se fossem um par de articulações bem treinadas. Observando-o com atenção, parecia que só essa parte era um ser vivo especial, independente do seu corpo.

Da janela que dava para o pátio interno penetrava uma luz suave. Havia uma fileira de tulipas floridas no canteiro simples cercado de tijolos. Uma pétala laranja estava caída no chão. Nada se movia além do pé direito, do queixo e da clavícula do professor.

Meu primo e eu aguardamos o movimento seguinte do professor, como se observássemos um ritual solene. Ele pressionou o botão da chaleira elétrica com a ponta do pé para adicionar água quente no bule e, segurando a alça do bule entre os dedos do pé, serviu chá nas três chávenas. O som fino e lento do chá quente caindo na chávena fluiu em meio ao silêncio.

O pé direito do professor era muito bonito. Ele devia ter trabalhado muito mais do que meus próprios pés, mas não havia nenhuma ferida, nenhuma mancha, era impecável: dorsos espessos, sola que parecia quente, unhas transparentes e dedos longos. Confirmei com os olhos a beleza de cada uma dessas partes do pé. Nunca tinha observado o pé de alguém de tão perto e de forma tão cuidadosa. Não conseguia nem lembrar como era o formato dos meus próprios pés.

"Se o professor tivesse mãos, que formato teriam?", pensei. Será que as palmas seriam grandes, e delas sairiam dez dedos compridos e retos? Será que seus dedos envolveriam tudo com carinho, como os dedos do seu pé direito? Pensei nas mãos do professor que agora não passavam de espaços invisíveis na ponta das mangas de seu quimono.

Quando o chá foi servido, o professor tossiu e abaixou o pé.

— Por favor, sirvam-se — disse ele e olhou para baixo, como se estivesse acanhado.

Nós dois agradecemos, curvando-nos levemente, e tomamos o chá. Meu primo segurou a chávena com as duas mãos e tomou o chá devagar, como se rezasse.

Depois de verificarmos o quarto que seria do meu primo, resolvemos voltar para casa. O professor nos acompanhou até a porta.

— Até logo — despediu-se o professor.

— Gostei muito deste dormitório — disse meu primo.

Quando o professor se curvou, sua prótese rangeu de leve. Esse som, que soava como um murmúrio triste, penetrou profundamente no espaço entre meu primo e eu.

Logo chegou o dia de o meu primo se mudar para o dormitório. A mudança consistia apenas em enviar pelo serviço de entrega domiciliar uma caixa com as coisas que havíamos comprado. Suspirei ao pensar na vida semelhante à do bicho-da-seda que eu voltaria a levar sozinha, sem meu primo. Eu o ajudei sem pressa, como se estendesse ao máximo o tempo até a mudança.

— As aulas da faculdade são bem diferentes das do ensino médio, não são? Será que vou conseguir acompanhar? Estou preocupado com as aulas de alemão, que é a segunda língua estrangeira. Você me ajuda, prima?

— Desculpe, eu fiz russo.

— Ah, que pena — disse ele. Apesar de demonstrar preocupação, meu primo arrumava as coisas animado. Uma vida nova e livre o aguardava.

— Se acontecer alguma coisa, me fale. Caso você esteja sem dinheiro, doente ou perdido.

— Perdido?

— É só um modo de dizer. Venha jantar em casa de vez em quando. Eu cozinho para você. Pode me procurar se precisar de conselhos amorosos também. Sou boa nisso.

Meu primo acenou com a cabeça para cada uma das minhas propostas, sorrindo feliz.

Dessa vez ele foi sozinho para o dormitório. Por alguma razão, essa simples despedida pesou em meu coração. Vestindo um suéter e carregando uma bolsa na mão direita, ele foi sugado por um ponto ao longe, dentro da luz clara. Quando suas costas desapareceram, eu me senti desamparada e sufocada, e continuei observando o ponto distante por muito tempo, sem piscar os olhos.

Mas esse ponto derreteu como um floco de neve.

Depois que meu primou se mudou, minha vida voltou a ser como era antes. Todo dia a mesma coisa: períodos de sonolência na cama, refeições simples e patchwork. Peguei o patchwork da caixa de costura e passei-lhe o ferro para tirar as rugas. Depois liguei retalhos de guingão e caxemira, roxos e amarelos, um em seguida do outro. Prendi os retalhos com alfinetes e os costurei com cuidado. Às vezes eu ficava tão compenetrada em unir os retalhos que me esquecia do que estava fazendo. Nessas horas, eu estendia o molde, murmurava: "Ah, é colcha para cama", ou: "É uma decoração de parede", e continuava a unir os retalhos, mais tranquila.

Ao observar meus dedos que seguravam a agulha, lembrava-me do belo pé direito do professor. Pensei nos dedos das mãos invisíveis que ele perdera em algum lugar, nas tulipas do canteiro, na mancha do teto e na armação dos óculos do meu primo. O professor, o dormitório e meu primo estavam todos interligados.

Um pouco depois do início das aulas da universidade, fui ao dormitório para ver como meu primo estava. Era um dia bonito, quando as pétalas das flores de cerejeira começavam a cair como pequenas borboletas.

Mas meu primo ainda não tinha chegado da faculdade. Sem outra opção, esperei por ele no quarto do professor. Sentamo-nos no alpendre e comemos o bolo de creme com morango que eu tinha levado de presente.

Mesmo com o início das aulas, o dormitório continuava silencioso. Quando achava que tinha ouvido passos de alguém nos fundos, eles logo eram abafados pelo som do vento. Na época em que eu morava no dormitório, sempre ecoavam músicas de fitas cassete, risadas e barulho de motor de moto, mas agora o lugar parecia completamente livre e purificado desses ruídos cheios de vida.

Da última vez havia tulipas laranja no canteiro, agora florescia uma fileira de tulipas vermelho-escuras. Uma abelha brincava de esconde-esconde entre as pétalas em formato de copo.

— Meu primo está bem? — perguntei, olhando para as fatias do bolo de creme com morango, servidas no alpendre.

— Sim, está ótimo — respondeu o professor. — Ele vai todo dia para a faculdade de bicicleta, bravamente, prendendo os livros didáticos na garupa.

Ele enfiou o garfo entre os dedos do pé e pegou um pedaço do bolo. O garfinho de sobremesa combinava muito bem com o pé direito do professor. A curva do seu tornozelo, os movimentos delicados dos seus dedos e o brilho das suas unhas se harmonizavam perfeitamente com o garfo prateado.

— Ele disse que entrou no clube de handebol. Deve ser um atleta promissor.

— Acho que não é tão bom assim. Foi o segundo ou terceiro melhor jogador da província.

— Que seja — disse o professor. — Mas ele tem um corpo incrível, ideal para ser atleta. São poucas as pessoas com um físico tão adequado quanto o dele. Disso eu entendo.

Ele levou à boca o pedaço de bolo que tremia na ponta dos dedos do seu pé direito. Em seguida mastigou com cuidado, movendo o queixo devagar, e engoliu.

— Quando me encontro com alguém pela primeira vez, nunca presto atenção no seu modo de vestir nem na sua personalidade — continuou. — A única coisa que me interessa é seu corpo físico, como organismo. Somente como organismo.

Ele pegou o segundo pedaço de bolo.

— Logo percebo suas características físicas: nessa pessoa os bíceps dos antebraços não estão equilibrados, há sequela de distensão na articulação interfalangiana proximal no dedo anelar, o formato do tornozelo é distorcido. Percebo essas coisas instantaneamente. Quando me lembro de alguém, me vem à mente seu corpo físico formado por mãos, pés, pescoço, ombros, peito, quadril, músculos e ossos. Não me recordo do rosto. Entendo bem, principalmente, do corpo de pessoas jovens. Por causa do meu trabalho, é claro. Mas não significa que quero fazer algo com o corpo humano. É como se consultasse um dicionário médico. É engraçado, não acha?

Sem concordar ou negar, observei fixamente o garfo prateado. O professor engoliu o segundo pedaço de bolo.

— Como não conheci meus braços nem minha perna esquerda, não sei como é a sensação de mover os dois braços e as duas pernas fazendo-os interagir entre si. Por isso me interesso pelo corpo físico dos outros.

A prótese da perna suspensa no alpendre estava um pouco visível. Era feita de um metal reto de cor turva, estava com uma meia na ponta e se escondia em silêncio debaixo do quimono. O professor comeu o bolo com gosto. Lambeu todo o creme da ponta do garfo e dos lábios. Na minha cabeça surgiam e se apagavam, de forma intercalada, imagens da prótese da perna escondida no escuro e do bolo macio de creme com morango que derretia na boca.

— Por isso posso garantir que o corpo físico do seu primo é maravilhoso — disse o professor. — Dedos fortes que seguram a bola branca de couro, coluna vertebral que se arqueia quando arremessa saltando, longos braços que obstruem os movimentos dos adversários, escápulas resistentes para fazer lançamentos longos, gotas de suor que se espalham no chão do ginásio...

Parecia que as palavras para descrever o físico do meu primo brotavam sem parar da boca do professor. Era uma sensação curiosa ouvir termos como coluna vertebral ou escápulas transbordarem daqueles lábios ainda adocicados de creme. Nunca tinha pensado nas escápulas do meu primo. Será que o professor pensava no corpo físico perfeito, no organismo, como ele chamava, dos estudantes jovens enquanto manuseava o queixo, a clavícula e o pé direito nesse quarto solitário do dormitório? "Deve ser uma tarefa triste", pensei.

A luz solar se irradiava sobre o verde do pátio, fazendo-o brilhar com nitidez. Soprava um vento suave. A abelha que voava dentro das pétalas de tulipa passou entre nós dois, entrou no quarto e parou bem no meio da mancha do teto. Parecia que o tamanho da mancha tinha aumentado um pouco desde a última vez. Uma cor escura, semelhante a uma mistura de várias cores de tinta, tingia a mancha circular. As asas transparentes que tremiam em pequenos movimentos acompanhando a pulsação apareciam no meio da mancha.

O professor enfiou na boca o morango do bolo, que tinha deixado para o final.

Meu primo não voltava. Fiquei atenta procurando captar o barulho da sua bicicleta, mas só ouvi o bater de asas da abelha.

— *Cof, cof, cof* — tossiu o professor. Era uma tossida baixinha, como se sussurrasse.

Acabei não me encontrando com meu primo nesse dia. Ele ligou para o dormitório avisando que ocorrera um imprevisto na faculdade e que chegaria tarde.

Voltei ao dormitório cerca de dez dias depois. Dessa vez levei torta de maçã de presente. E, de novo, não consegui entregá-la pessoalmente ao meu primo.

— Seu primo acabou de ligar — disse o professor. Ele varria o pátio com vassoura de bambu. — O trem dele ficou parado numa estação por causa de um acidente quando voltava da faculdade.

— Que tipo de acidente?

— Alguém se jogou na frente do trem.

— Nossa... — respondi.

Eu estava carregando a caixa branca da torta de maçã na frente do peito. Soltei um suspiro, desapontada com as coincidências infelizes que se seguiram. E imaginei os músculos esmagados como tomate excessivamente maduro, os cabelos entre as britas do trilho e os pedaços de osso jogados sobre os dormentes.

A ternura da primavera envolvia todo o cenário. Até a bicicleta quebrada abandonada no canto do pátio recebia o vento suave. A caixa da torta de maçã estava um pouco quente.

— Já que você teve o trabalho de vir até aqui, espere mais um pouco — sugeriu o professor.

— Obrigada — falei, curvando-me de leve.

O pátio nem estava muito sujo, mas o professor movia a vassoura de forma compenetrada. Varria várias vezes o mesmo lugar, com cuidado, para juntar a sujeira. Como ele se curvava bruscamente e prendia o cabo da vassoura entre o pescoço e o ombro, parecia imerso em reflexões profundas sobre um grave problema.

O som tranquilo do bambu raspando o chão ecoou repetidas vezes. Ao olhar para cima, para a varanda do quarto do meu primo, vi um par de tênis de handebol pendurado.

— Que silêncio, hein?

— Sim — respondeu o professor. O som da vassoura de bambu continuou a ecoar.

— Há quantos estudantes no dormitório agora?

— Poucos, bem poucos — respondeu ele com cautela.

— Além do meu primo, quantos estudantes entraram neste ano?

— Só ele.

— É mesmo? Que desolador um dormitório com tantos quartos vagos. Houve uma vez que passei o Ano-Novo aqui, sem voltar para a casa dos meus pais, e não consegui dormir à noite, de medo.

— ...

— O senhor não pôs anúncios em algum lugar para divulgar o dormitório?

— ...

Seguiu-se um silêncio. Uma moto do serviço de entrega domiciliar passou na rua da frente.

— É por causa de um boato — disse o professor de súbito.

— Boato? — repeti surpresa.

— Sim, o número de estudantes diminuiu por causa de um boato — reforçou, como se contasse uma narrativa. — Em fevereiro, um estudante que morava aqui desapareceu de repente. Desapareceu: essa é a palavra mais adequada. Ele desapareceu em silêncio, como se fosse sugado pelo ar. Como é que pode uma pessoa com todos os órgãos, com cérebro, coração, braços e pernas, dotada da capacidade de falar, desaparecer tão facilmente? Achei muito estranho. Não havia nenhum motivo para que ele sumisse. Estava no primeiro ano da faculdade de matemática e recebia uma bolsa fornecida para os melhores da turma. Tinha muitos amigos e até uma namorada. O pai dele é professor de uma faculdade do interior, a mãe é escritora de livros infantis, e ele tem uma irmã bem mais nova, que é uma gracinha. Uma vida perfeita. Mas talvez isso não tenha nenhuma relação com o súbito desaparecimento de alguém.

— Ele não deixou nenhuma pista? Algum recado, bilhete?

O professor balançou a cabeça.

— A polícia investigou minuciosamente — disse. —Havia a possibilidade de ele ter se envolvido em algum crime. Só que nada foi encontrado. Ele sumiu carregando apenas livros de matemática e um caderno.

Nessa hora a vassoura encostada em seu ombro caiu, porém ele continuou sem se importar com ela:

— Também fui chamado para depor na delegacia. Eu era um dos suspeitos. Me perguntaram sobre minha vida durante os cinco dias que cercaram seu desaparecimento. Sobre cada palavra que troquei com ele, o número de páginas do livro que tinha lido e seu conteúdo, pessoas que me ligaram e o teor das conversas, cardápio das refeições, número de vezes que fui ao banheiro, tudo. Eles anotaram cada detalhe, transcreveram, revisaram e releram. Era como separar os grãos de areia da praia, um a um. Para a polícia investigar cinco dias da minha vida, foi necessário um tempo três vezes maior. Fiquei exausto. Formou pus na base da prótese da minha perna e senti uma dor lancinante. Mas todo esse sacrifício não serviu para nada, o estudante não reapareceu.

— Mas como assim, suspeitar do senhor? O que o senhor poderia ter feito?

— Não sei. Devem ter desconfiado de alguma coisa. As pessoas em geral fizeram um escândalo só pelo fato de eu ter sido convocado para depor na delegacia. Só que não fizeram escândalo na minha frente. O boato se espalhou de forma mais dissimulada e mais cruel. Por causa disso, quase todos os estudantes resolveram sair.

— Que história triste.

— Boatos são injustos — continuou ele. — De qualquer forma, aonde foi parar aquele imenso registro da minha vida cotidiana? Sinto um vazio quando penso nisso.

Ele fechou os olhos e tossiu duas ou três vezes.

— Me desculpe — disse. Ele tossiu mais algumas vezes. A tosse não cessava e começou a ecoar de forma mais grave no peito. Ele dobrou o corpo na altura da cintura e soltou o ar para o chão, de forma dolorosa.

— O senhor está bem? — perguntei.

Aproximei-me dele e coloquei a palma da mão em suas costas. Nessa hora, percebi que era a primeira vez que tocava seu corpo. O tecido do quimono era grosso e áspero, mas as costas debaixo do quimono eram frágeis e debilitadas. Toda vez que ele tossia, minha mão tremia de leve.

— É melhor o senhor descansar no quarto — sugeri.

Enlacei seu ombro. O ombro sem braço era solitário e frágil.

— Obrigado — disse ele. — Ultimamente tenho tido essas tosses e sinto o peito apertar.

Aquele corpo que eu enlaçava estava rígido. Permanecemos nessa posição por um tempo, sem nos mexer. Uma abelha voou baixinho perto de nossos pés. De vez em quando ela voava mais alto, aproximava-se sorrateiramente de nós, mas logo se afastava.

A luz incidia em várias partes do pátio. As paredes externas do dormitório estavam escuras, mas o vidro das janelas era bonito e brilhante, refletindo a luz solar. "Uma pessoa que estava atrás daquele brilho desapareceu, estou acariciando as costas do professor aqui e meu primo está retido em alguma estação por causa de alguém que se matou." Enumerei esses fatos dentro da minha cabeça. Esses três acontecimentos que não tinham nenhuma relação entre si pareciam se fundir, misturando-se no brilho refletido pelo vidro.

— Se não for incômodo, você se importaria de ver o quarto do estudante comigo? — perguntou o professor quando sua respiração estava mais tranquila.

Fiquei confusa, sem saber como responder ao seu estranho pedido.

— Às vezes observo o quarto dele — contou. — Para ver se encontro alguma pista nova. Talvez uma pessoa que esteja vendo o quarto pela primeira vez faça descobertas inesperadas.

Sua respiração ainda parecia difícil. Eu assenti com a cabeça.

No entanto, não consegui fazer nenhuma nova descoberta.

Era um quarto normal, com escrivaninha e cadeira, cama e guarda-roupa. Não estava muito limpo nem excessivamente bagunçado ou sujo. Podiam ser encontrados sinais sutis de que alguém vivera ali. Havia rugas no lençol da cama, um suéter usado no encosto da cadeira e um caderno aberto com números e sinais sobre a escrivaninha. Como se seu morador tivesse saído durante os estudos para comprar um suco na vizinhança.

Na estante havia livros técnicos de matemática, romances policiais e guias turísticos. O calendário da parede marcava fevereiro, e continha algumas anotações. Prazo de entrega do trabalho de ética, festa com a turma do seminário, bico de professor particular e esqui, com setas entre os dias 14 e 23.

— E então? — perguntou o professor, dando uma olhada no quarto.

— Desculpe, a única coisa que noto é que ele era um estudante saudável — respondi, olhando para baixo.

— É? Mas não se preocupe — disse o professor.

Ficamos um longo tempo sem falar nada, imóveis no meio do quarto. Como se esperássemos que o corpo do estudante surgisse de algum lugar.

— Ele sumiu um dia antes de partir para a viagem de esqui, no dia 13 — começou a explicar o professor. — Ele estava muito ansioso por essa viagem. Tinha começado a praticar esqui e estava bastante entusiasmado. Quando eu disse que também gostava do esporte, ele ficou interessado e perguntou o tipo de bota que eu calçava no pé esquerdo e como eu segurava o bastão. Nesse ponto ele era muito puro e sincero.

Toquei o dia 13 do calendário com o dedo indicador. A sensação era áspera e gelada. Ao lado da estante de livros havia pranchas de esqui com capa, de pé. Os bilhetes do ônibus noturno apareciam no bolso aberto da mochila.

— Ele tinha os dedos da mão esquerda peculiares — disse o professor com o olhar perdido, como se quisesse reter o espectro do estudante no quarto.

— Dedos da mão esquerda?

— Sim — confirmou o professor. — Ele era canhoto. Fazia tudo com a mão esquerda: pentear o cabelo, esfregar os olhos quando estava com sono, discar o número de telefone, tudo. Ele costumava me convidar para seu quarto e preparava um café delicioso. Era realmente muito bom em passar café. Nos sentávamos lado a lado voltados para esta escrivaninha.

O professor se sentou na cadeira giratória de frente para a escrivaninha. A prótese rangeu, produzindo um ruído abafado.

— Ele resolvia os exercícios de matemática aqui, na minha frente. Não eram questões apenas difíceis e técnicas. Por que nossos olhos pequeninos conseguem refletir um vulcão enorme como o monte Fuji, como mover o grande sino do templo apenas com um dedo: eram questões curiosas e cotidianas como essas. Eu não sabia nem que essas questões podiam ser resolvidas usando a matemática.

Atrás do professor, acenei com a cabeça.

— "É bem simples se pensamos dessa forma", ele costumava dizer isso — continuou o professor. — Por mais boba e elementar que fosse minha pergunta, ele nunca ficava irritado. Pelo contrário, respondia feliz. Ele segurava o lápis H afiado com os dedos da mão esquerda e escrevia vários números e símbolos enfileirados, me explicando: "Como isso é assim, precisamos usar essa fórmula." Sua letra era caprichada, arredondada e fácil de ler. No final, ele apresentava uma resposta simples que parecia um milagre. Fazia um sublinhado duplo na resposta e me olhava com olhos carinhosos, como se dissesse: "Não é interessante?"

O professor respirou fundo e, ao tranquilizar a respiração, continuou:

— Quando ele segurava o lápis com os dedos da mão esquerda, parecia tecer números, e não simplesmente escrever números. Eu observava os símbolos, como ∞, $\therefore$ ou ∂, que surgiam dos seus belos dedos da mão esquerda como se fossem peças de arte delicadas. Até os números familiares pareciam algo especial e valioso. Eu tomava meu café enquanto prestava atenção em sua explicação e observava os belos dedos da sua mão esquerda. Era muita coisa para fazer ao mesmo tempo, mas me sentia feliz. Sua mão não era especialmente máscula. Ele tinha dedos longos e delicados, e sua pele era branca e opaca. Era como uma planta cultivada com cuidado numa estufa depois de passar por vários cruzamentos seletivos. Cada detalhe dos dedos possuía expressão. A unha do dedo anelar sorria, a articulação do polegar olhava para baixo... Será que você entende o que eu quero dizer?

— Entendo — acabei respondendo assim porque a voz do professor era muito sincera.

Olhei mais uma vez os objetos que tinham sido deixados pelo estudante. Observei o apontador de lápis, os clipes e o compasso que provavelmente foram apertados, alisados ou segurados com seus dedos que pareciam uma planta. O caderno sobre a mesa era de boa qualidade e indicava ter sido usado bastante. "Será que o lençol com rugas nunca mais vai ser esticado, o suéter jamais será guardado na gaveta, os exercícios de matemática não serão concluídos?", pensei.

O professor começou a tossir de novo. Eram tosses tristes, e dava a impressão de que ele chorava debruçado sobre a escrivaninha. Sua tosse ecoou por muito tempo no quarto do estudante.

No dia seguinte, fui à biblioteca para pesquisar sobre o caso do desaparecimento do estudante. A pequena biblioteca ficava no canto de um parque e era frequentada por crianças que pegavam emprestados livros ilustrados ou teatros de papel.

Pedi para consultar todos os jornais a partir do dia 14 de fevereiro, para verificar cada pequeno artigo da edição local. A pilha de jornais ficou pesada e alta.

Houve vários acidentes e crimes: uma dona de casa morreu por intoxicação pintando a parede do banheiro; uma criança ficou presa dentro de uma geladeira deixada num depósito de lixo; um homem de sessenta e sete anos foi preso acusado de aplicar golpes de casamento; uma idosa foi levada para o hospital ao comer cogumelo alucinógeno. Parecia que o mundo se movia de forma complexa em locais que eu desconhecia. Mas, por mais cruel que fosse o acidente ou o crime, para mim soavam como conto de fadas. O mais importante agora eram os dedos da mão esquerda do estudante.

Por mais que eu lesse, a pilha de jornais não diminuía. E, por mais que procurasse, os dedos da mão esquerda do estudante não apareciam. Meus dedos ficaram escuros por causa da tinta, e meus olhos começaram a arder. Intoxicações, asfixias e golpes surgiam um atrás do outro, porém sem conexão com os dedos da mão esquerda do estudante. Pela intensidade da luz solar que penetrava pela janela, percebi que entardecia.

Não sei quanto tempo se passou. Quando minha cabeça estava ficando zonza, alguém com um molho de chaves parou à minha frente.

— Com licença, já vamos fechar — disse a pessoa em tom de lamentação.

— Ah, me desculpe — respondi.

Empilhei novamente os jornais e os devolvi. Estava completamente escuro do lado de fora.

Ao voltar para casa, tinha chegado uma carta do meu marido. Pelo exuberante envelope amarelo, pelo selo com a figura de uma mulher estrangeira e carimbo em alfabeto latino, percebi que a carta vinha de um lugar distante. O envelope estava deitado em silêncio no fundo da caixa de correio.

A carta era longa. Descrevia de forma realística e detalhada a pequena cidade à beira-mar na Suécia, para onde meu marido tinha sido transferido, e a grande casa na qual iríamos morar. Explicava que podíamos comprar verduras frescas na feira matinal aos sábados, que a padaria da frente da estação vendia pães incrivelmente deliciosos, que o mar visto da janela do quarto estava sempre agitado, que esquilos vinham brincar no quintal. Só assuntos pacatos. E, para finalizar, os preparativos que eu deveria providenciar até minha partida estavam listados.

- Renovar o passaporte;
- Solicitar orçamento para empresas de mudança;
- Comunicar a mudança ao correio;
- Visitar a casa do diretor da empresa para se despedir; e
- Correr todos os dias. (Mantenha a boa condição física. Aqui é frio e úmido.)

Reli a carta várias vezes. Li até o meio, voltei ao início, li a mesma linha dez vezes e, quando terminei de ler, voltei ao início. Mas não consegui compreender bem seu conteúdo. Feira matinal, esquilos, passaporte, mudança, essas palavras pareciam termos complexos de filosofia. Para mim, as fórmulas escritas no caderno do estudante eram bem mais reais. Aquele caderno refletia o vapor do café, os dedos da mão esquerda do estudante e os olhos do professor que os observavam.

Duas coisas que não combinavam de jeito nenhum recaíam sobre mim simultaneamente: a Suécia envolvida num envelope amarelo e o professor que fazia ecoar tosses tristes dentro do quarto do dormitório. Sem outra opção, guardei o envelope no fundo da gaveta.

Cerca de dez dias depois, fui ver o professor. Dessa vez, comprei pudins de leite como presente. Meu primo não estava, tinha ido a um acampamento de treino em algum lugar nas montanhas com a equipe de handebol.

Nesse dia, chovia depois de muito tempo. O professor estava deitado na cama, mas, quando me sentei na cadeira à sua cabeceira, ele levantou a parte superior do corpo com cuidado. Coloquei a caixa de pudins na mesinha de cabeceira. Na cama, o professor parecia ainda mais debilitado. O vazio no lugar onde deveria haver os braços e a perna, que normalmente não me incomodava, despertou em mim uma grave sensação de ausência. Esse vazio não me deixava desviar os olhos por muito tempo. Ao continuar olhando o que não existia, o fundo dos meus olhos começou a doer.

— Tudo bem? — perguntei.

— Indo...

Sorrimos um para o outro. O sorriso do professor era efêmero e logo desapareceu.

— Foi ao médico? — perguntei.

O professor balançou a cabeça em silêncio.

— Me desculpe se estiver sendo intrometida. Mas acho que o senhor deveria procurar um médico. Não parece estar muito bem.

— Não está sendo intrometida de jeito nenhum — interveio o professor, balançando a cabeça algumas vezes.

— O marido de uma amiga minha é médico de um hospital universitário. A especialidade dele é dermatologia, porém pode nos indicar um médico especializado. É claro, eu também vou acompanhar o senhor.

— Obrigado. Fico feliz pela sua preocupação. Mas estou bem. Compreendo meu corpo melhor do que ninguém. Eu já te disse antes, não foi? Que conheço muito bem o corpo físico, como organismo.

— Está bem mesmo? Logo vai estar melhor? — perguntei.

— Não, não é isso. Não tenho mais cura.

Essas palavras cruéis foram ditas com tanta naturalidade que, na hora, não entendi o que ele dizia.

— Vou piorar cada vez mais — continuou ele. — O que eu tenho é como câncer ou distrofia muscular. Não há como impedir seu avanço. Não, no meu caso é mais simples. Por ter vivido com esse corpo antinatural por longos anos, o estresse se acumulou em vários lugares. É como a única laranja podre de uma caixa que faz apodrecer todas as laranjas boas. O ponto determinante é a deformação das costelas. Algumas costelas importantes se curvaram para dentro e estão pressionando os pulmões e o coração.

Ele falou em um tom tranquilo, como se procurasse acalmar a origem das crises ocultas no peito. Sem encontrar palavras, acompanhei com os olhos as gotas que escorriam pelo vidro da janela.

— Procurei um médico uma única vez — disse ele. — Um dos antigos moradores do dormitório trabalha como cirurgião ortopédico. Ele me mostrou a radiografia. Você já viu a radiografia do seu tórax? Normalmente as costelas são arredondadas e os lados direito e esquerdo são precisamente simétricos, como se fossem calculados com uma régua. Dentro delas, os pulmões e o coração estão acomodados confortavelmente. Mas as minhas costelas eram realmente deploráveis. Estavam deformadas como se fossem galhos de uma grande árvore atingida por um raio. As costelas mais próximas ao coração estavam ainda mais distorcidas. Parecia que iriam espetar o coração. Meus pobres pulmões e o coração estavam confinados num lugar apertado como se fossem pequenos animais amedrontados e trêmulos.

O professor inspirou o ar profundamente para acalmar a respiração. Sua garganta produziu um som rouco. Quando ele se calou, uma quietude caiu entre nós dois. Contei as gotas do vidro da janela uma por uma. Elas caíam incessantemente.

— Não dá para impedir a deformação das costelas? — perguntei quando minha contagem chegou a cinquenta, desviando os olhos da janela.

— Acho que já é tarde demais — respondeu o professor sem hesitar. — Talvez, se eu ficasse deitado vinte e quatro horas por dia, olhando para cima, ajudaria a retardar um pouco o avanço. Mas nada mais que isso.

— E cirurgia?

— Mesmo fazendo cirurgia, não é possível recuperar os braços e a perna que se perderam. Enquanto eu precisar usar o queixo, a clavícula e o pé direito para viver, as costelas voltarão a se deformar.

— Será que não há uma solução? — falei, ponderando cada palavra.

Em vez de responder, o professor piscou os olhos devagar, fazendo tremer levemente as sobrancelhas.

A chuva continuou caindo de forma monótona. Chovia silenciosamente, e às vezes dava a impressão de que havia parado. Mas, ao prestar atenção, percebia-se que continuava chovendo.

No canteiro do pátio, tulipas de uma tonalidade clara de púrpura estavam floridas. Tulipas em fileira, de cores diferentes, desabrochavam uma em seguida da outra, e nenhuma delas era da mesma cor. As pétalas molhadas brilhavam como lábios com batom. E, como sempre, abelhas voavam no canteiro. "As abelhas voam até quando está chovendo?", pensei de repente. Nunca tinha visto abelhas voando num dia de chuva. No entanto, com certeza eram abelhas.

Elas voavam livremente no meio da paisagem ofuscada pela chuva. Ora voavam alto, desaparecendo do meu campo de visão, ora se escondiam entre as ervas baixas, e, como em nenhum momento ficavam paradas, não pude contar quantas eram no total. Por alguma razão, porém, eu conseguia ver o contorno, a cor e o movimento de cada uma delas pelo vidro, de forma nítida. Conseguia ver até o padrão das asas transparentes e delicadas que pareciam derreter.

As abelhas se aproximavam das flores devagar, depois de alguma hesitação. E, decididas, paravam na parte mais fina, na extremidade da pétala, fazendo tremer as listras da barriga. Nessa hora, as asas se fundiam com as gotas de chuva e pareciam brilhar.

Ao ficar imersa nesse silêncio por muito tempo, eu tinha a sensação de ouvir o som do bater de asas. No começo o som se ofuscava, envolvido pela chuva, mas, à medida que eu fitava as abelhas, ele passou a ter um contorno nítido e chegou aos meus ouvidos. Ao ficar em silêncio, o som do bater de asas começou a penetrar até minha pequena tuba auditiva, no interior do ouvido, como se fosse um líquido.

De repente, uma abelha entrou pela fresta da janelinha de ventilação. Voou rente ao teto e parou na mancha circular do canto. A mancha estava maior e mais escura. No teto branco, ela tinha crescido a ponto de não podermos mais ignorá-la. A abelha molhada de chuva ficou grudada no meio da mancha.

— O que é aquela mancha? — tentei perguntar, mas o professor foi mais rápido que eu.

— Posso te pedir um favor?

O som do bater de asas se afastou.

— Pois não — respondi e coloquei as mãos na cama, no lugar onde havia a mão direita invisível do professor.

— Poderia me ajudar a tomar o remédio?

— Claro — respondi. Em seguida, peguei o saquinho de remédio em pó da gaveta da mesa de cabeceira e enchi o copo com a água da jarra. Pequenos itens do dia a dia tinham sido transferidos para um lugar conveniente a fim de serem manuseados ali da cama: o aparelho de telefone fora levado de perto da porta para a cabeceira; a caixa de lenço de papel, de cima da tevê para o pé da cama; e o conjunto de chá, da cozinha para a mesa de cabeceira. Cada pequena mudança significava uma grande transformação para o professor, ou seja, era sinal de que suas costelas se deformavam cada vez mais, apertando-lhe com força o coração. Percebi isso quando observava a água que caía da jarra em linha reta e senti meu coração tremer de desamparo e congelar.

— Tomara que esse remédio funcione — eu disse, como que para tranquilizar meu coração.

— O remédio só serve como um alívio. Ele relaxa os músculos e tranquiliza os nervos — respondeu o professor, sem mudar a expressão do seu rosto.

— Será que não há alguma solução? — repeti.

Depois de pensar um pouco, o professor pontuou:

— Como eu disse antes, o dormitório está passando por uma transformação inevitável e absoluta. Agora ele se encontra no meio desse processo. Ele precisa de um certo tempo para concluir a transformação. Não é como ligar e desligar um aparelho. O ar do dormitório está ficando cada vez mais distorcido. Provavelmente você não consegue sentir isso. Só quem foi devorado por essa distorção consegue perceber para onde está sendo levado. Quando você percebe, já é tarde demais. É um ponto em que não é possível voltar atrás.

Ao terminar de falar, o professor abriu a boca de leve. Ela era pequena. Eu achava que os homens tinham a boca mais firme e robusta, mas, no caso dele, tanto os lábios quanto a língua e os dentes eram todos pequenos. No interior dos lábios macios havia fileiras de dentes semelhantes a sementes de tamanho uniforme, e a língua estava encolhida na entrada da garganta.

Com cautela, enfiei o remédio em pó dentro de sua boca. Ele pegou o copo de água que lhe entreguei, segurando-o com o queixo e a clavícula, e tomou a água com perfeição, como sempre fazia. Observando esse movimento elegante do queixo e da clavícula, pensei nas suas costelas lastimáveis. Pensei na radiografia na qual os ossos brancos e opacos estavam prestes a perfurar seu coração.

Por muito tempo meu coração continuou congelado e tremendo como as asas das abelhas.

Recebi outra carta do meu marido.

"Como vão os preparativos? Fiquei preocupado porque você não me respondeu." A carta começava com essas palavras calorosas e explicava como eram os supermercados, as plantas, os museus de arte e o trânsito da Suécia, em mais detalhes e de forma mais animada que na carta anterior. E, no final, ele havia preparado uma nova lista de tarefas para mim:
- Avisar as empresas de telefonia, luz, água e gás;
- Solicitar a carteira de habilitação internacional;
- Acertar os impostos;
- Reservar o serviço de *self storage*;
- Comprar a maior variedade possível de comida japonesa liofilizada e em *retort pouch*. (Já estou enjoado da comida local salgada e com sabor pouco requintado.)

Agora eu estava incumbida de dez tarefas no total, contando as da carta anterior. Para me organizar, li cada item em voz alta. Mas não adiantou. Não fazia a menor ideia do que fazer, por onde começar, para poder chegar à Suécia.

Guardei a carta na gaveta e peguei o patchwork. No momento não estava precisando de colcha nem de uma decoração para a parede, mas não consegui pensar em nenhuma outra coisa para fazer.

Abaixo de um retalho xadrez azul costurei um de poá preto e branco, ao seu lado um vermelho sem estampa e à direita, mais embaixo, um de arabesco verde. O patchwork foi evoluindo cada vez mais: virou um quadrado, um retângulo, um triângulo isósceles, um triângulo reto... Enquanto costurava os retalhos completamente sozinha na noite silenciosa, comecei a ouvir, vindo de algum lugar, o bater de asas de abelha. Não sei se era resquício do som ouvido no quarto do professor ou um simples tinido. Mesmo sendo sutil e tênue, ele atingiu diretamente meu tímpano, sem desviar.

O som do bater de asas me evocava as abelhas molhadas na chuva, as tulipas, o vidro da janela por onde corriam as gotas de chuva, a mancha do teto, o remédio em pó e as costelas do professor. Por mais que tentasse, não conseguia chegar à Suécia.

Desde então, fui todo dia ao dormitório para cuidar do professor, levando um presente diferente. Madeleine, biscoito, bavaroise, chocolate, iogurte com frutas, cheesecake... No final, não sabia mais o que levar. As tulipas desabrochavam uma em seguida da outra, as abelhas sobrevoavam as tulipas, e a mancha do teto crescia pouco a pouco. E o professor definhava a olhos vistos. Primeiro ele começou a ter dificuldades em sair para fazer compras e não conseguia mais preparar suas refeições. Depois não conseguia mais comer sozinho, passou a tomar água com muita dificuldade e, no final, mal conseguia sair da cama.

Eu não fazia nada de especial para cuidar dele. De vez em quando preparava uma sopa simples e o ajudava a tomá-la, ou acariciava suas costas. No resto do tempo eu ficava sentada na cadeira à sua cabeceira, em silêncio. Não havia nada que pudesse fazer a não ser observar as costelas do professor se deformarem aos poucos, produzindo rangidos.

Era a primeira vez que eu cuidava de um doente e também a primeira vez que via uma pessoa definhar tão rapidamente. Se o professor continuasse nesse ritmo, como tudo isso iria acabar? Tinha medo de pensar nisso. Quando imaginava o momento em que as costelas perfurariam o coração do professor, o peso da prótese da perna ao ser retirada do seu corpo gelado, a profunda quietude que haveria quando eu ficasse completamente sozinha no dormitório, sentia uma solidão. A única pessoa com quem podia contar agora era meu primo. Orei para que voltasse logo do acampamento de treino de handebol.

Nesse dia começou a chover à tarde. Estava ajudando o professor a comer o bolo inglês que eu tinha levado de presente. Ele estava deitado na cama, coberto por uma manta até o pescoço, e observava vagamente o vazio. Respirava com dificuldade, fazendo a manta se mover para cima e para baixo. Cortei um pedaço do bolo inglês com o indicador e o polegar e, quando o aproximei da sua boca, ele a abriu levemente. Depois permaneceu com a boca fechada, sem mastigar, como se aguardasse o bolo derreter. Meus dedos e seus lábios se tocaram por um breve momento e logo se afastaram. Ao repetir esses movimentos algumas vezes, ele acabou com a fatia do bolo. Meus dedos ficaram brilhantes por causa da manteiga.

— Muito obrigado. Estava uma delícia — disse o professor, mexendo os lábios ainda um pouco sujos de açúcar.

— Disponha — respondi sorrindo.

— Quando alguém serve comida na nossa boca, ela fica mais gostosa — disse ele olhando para cima, completamente imóvel. Parecia que seu corpo estava costurado na cama.

— Da próxima vez vou trazer o mesmo bolo.

— Sim, se houver a próxima vez.

As últimas palavras praticamente saíram junto com um suspiro. Sem saber o que responder, fingi que não ouvi e apenas observei o brilho na ponta dos meus dedos.

Depois de um tempo, percebi que chovia. As tulipas do pátio tremiam e as asas das abelhas estavam molhadas. Hoje era a fileira de tulipas azul-escuras que estava florida. Um azul-escuro sem impurezas, como se um pote de tinta tivesse sido derramado.

— Aquelas tulipas têm uma cor curiosa — murmurei.

— Plantei aquelas tulipas com o estudante que desapareceu — respondeu o professor. — Certo dia ele voltou com um saco cheio de bulbos de tulipa. Ele achou esses bulbos, pequenos como avelãs, jogados atrás de uma floricultura e pôde ficar com eles sem pagar nada. Achei que poucos brotariam, mas todos brotaram e deram lindas flores uma em seguida da outra...

Ele virou apenas os olhos para o lado da janela.

— Mas o estudante não tinha dúvida de que os bulbos produziriam flores — continuou. — Ele levou uma mesa velha para o pátio interno, no lugar onde batia sol, e espalhou os bulbos sobre ela. Contou quantos havia, separou-os por cor e calculou de cabeça qual seria a melhor disposição para que não faltasse espaço no canteiro. O cálculo foi rápido e certeiro. O estudante era muito bom nisso. Para ele, que fazia faculdade de matemática, deve ter sido algo banal, mas para mim foi surpreendente. Havia bulbos de várias cores, e seu número também variava, mas, graças ao seu cálculo, todos foram plantados no canteiro retangular, sem restar nenhum bulbo.

A penumbra da tarde se infiltrava lentamente no quarto, pelos cantos. A caixa do bolo inglês sobre a mesa da cozinha estava mergulhada na penumbra branda. O professor voltou a olhar o vazio e continuou falando de forma concentrada, sem ouvir as interjeições e respostas curtas que eu lançava de vez em quando.

— Depois de fazermos os bulbos absorverem bastante luz solar, plantamos no pátio. No canteiro, abandonado havia muito tempo, a terra estava completamente seca e dura. O estudante jogou água na terra com o regador e misturou a terra com uma pá, com capricho. A pá era pequena, como as que as crianças usam para brincar na areia. Só havia essa no dormitório. Naturalmente todo esse trabalho foi feito pela mão esquerda dele, e a terra logo ficou macia.

Eu desisti de responder e me concentrei apenas em ouvir o relato do professor.

— Chegou o momento de plantar os bulbos. Ele abriu covas de cerca de cinco centímetros de profundidade, mantendo intervalos conforme o cálculo feito. Depois colocou os bulbos na palma da mão esquerda e a estendeu para mim. Ele sorria em silêncio, observando os bulbos e a mim de forma intercalada. Eu acenei com a cabeça de leve e cutuquei os bulbos com o queixo, derrubando-os nas covas. A mão esquerda dele, suja de terra, era terrivelmente bonita, assim como quando escrevia números em sequência com o lápis H. Havia terra na palma da sua mão, úmida de suor, e a luz solar incidia sobre cada grão de terra. Nos seus dedos havia uma marca vermelha do cabo da pá, que parecia uma mancha. Os bulbos estavam na palma da sua mão. Sentia meu coração apertar mais ainda quando aproximava meu queixo dela. Os desenhos das impressões digitais, os vasos sanguíneos levemente visíveis, o calor da sua pele, seu cheiro, tudo isso atingia meu coração em cheio. Tentando conter essa minha emoção, na medida do possível, eu tocava nos bulbos com meu queixo, prendendo a respiração. Cada bulbo caía na cova fazendo barulho.

Quando terminou de falar, o professor fitou um ponto por um momento, sem piscar os olhos, e suspirou.

— Desculpe, vou descansar um pouco — disse e fechou os olhos.

A escuridão aumentava cada vez mais. Apenas a brancura do lençol da cama entre nós dois reluzia debilmente. A chuva continuava caindo, envolvendo a escuridão.

Logo comecei a ouvir a respiração do professor dormindo. Ele caiu no sono rapidamente, como uma criança. Aguardei meus olhos se acostumarem à escuridão enquanto observava cada um dos objetos do quarto, um a um: o relógio de parede, a almofada, o revisteiro, o porta-canetas. Estava silencioso como se tudo tivesse caído no sono.

Em meio a esse silêncio, algo fez tremer meu tímpano de repente. Logo percebi: era uma abelha. O som ressoava na mesma frequência, de maneira uniforme, sem aumentar nem diminuir. Ao concentrar a mente no interior do meu ouvido, pacientemente, consegui ouvir com nitidez o som de asas se friccionando. O barulho da chuva estava estagnado bem lá no fundo, sem se misturar com esse som. Apenas o ruído do bater de asas de abelha vivia dentro de mim. Fiquei ouvindo esse som homogêneo e infinito como se fosse música produzida no dormitório. Do outro lado da janela, as abelhas e as tulipas estavam escondidas na escuridão.

Nessa hora, uma gota caiu perto dos meus pés. Como ela caiu bem diante dos meus olhos, devagar, consegui notar claramente seu tamanho e sua densidade, apesar de estar escuro. Olhei para o teto. A mancha que antes era arredondada agora lembrava uma ameba que se expandia no teto. Crescia de forma assustadoramente rápida. Não apenas tinha aumentado de tamanho, como ganhado consistência, crescendo tridimensionalmente. As gotas caíam em ritmo lento, surgindo no meio da mancha.

— O que será? — murmurei.

Uma coisa era certa: não se tratava de um líquido leve como a chuva. As gotas eram densas e viscosas. Mesmo depois de caírem no chão, demoravam para ser absorvidas pelo carpete. Permaneciam muito tempo entre suas fibras.

— Professor — chamei baixinho.

Ele continuou dormindo, como se não me ouvisse. Durante todo o tempo, o bater de asas continuou ressoando.

Temerosa, estendi minha mão para a gota. A primeira caiu raspando levemente a ponta do meu dedo médio. Estiquei um pouco mais a mão, tomando coragem, e a segunda gota caiu bem no meio da palma.

Ela não era gelada nem quente. Só senti sua viscosidade. Permaneci imóvel, com a palma da mão aberta, pensando se iria enxugá-la com o lenço ou fechar o punho para esmagá-la. As gotas continuaram caindo, *ploc*, *ploc*.

"O que será isso?", pensei seriamente. O professor dormia, meu primo estava no acampamento de handebol, e o estudante da faculdade de matemática havia desaparecido. Eu estava completamente sozinha.

"Para onde teriam ido os belos dedos da mão esquerda do estudante, que resolvia as questões de matemática com o lápis H e que enterrou os bulbos de tulipa com a pá?"

Ploc.

"Por que será que as tulipas têm aquelas cores curiosas?"

Ploc.

"Por que nunca consigo encontrar meu primo?"

Ploc.

Junto com as gotas, caíram várias dúvidas.

"Por que o professor consegue explicar tão detalhadamente os músculos, as articulações e as escápulas do meu primo?"

Comecei a sentir um aperto no coração. A palma da minha mão que continuava aberta foi ficando dormente e pesada. As gotas que não tinham para onde ir se encolhiam dentro dela.

— Talvez seja sangue — tentei falar em voz alta. Mas por causa do som do bater de asas, não consegui ouvir direito minha voz.

"Sim, essa sensação é de sangue. Será que alguma vez já toquei em sangue tão fresco assim? Acho que o maior volume de sangue que vi até agora foi quando uma moça foi atropelada bem diante dos meus olhos. Eu tinha dez anos e estava voltando de uma pista de patinação no gelo. O sangue corria sobre os sapatos de salto alto, a meia-calça rasgada e o asfalto. Era viscoso e espesso. Como essas gotas."

— Acorde, professor — chamei e sacudi seu corpo. A manta ficou suja de sangue. A gota de sangue caiu na ponta do meu chinelo. — Professor, acorde, por favor.

O corpo do professor era uma massa escura que apenas balançava na cama. O corpo sem os braços e uma das pernas parecia leve, e tive a impressão de que conseguiria carregá-lo mesmo sozinha. Chamei pelo professor um incontável número de vezes. Mas ele vagava num lugar inatingível, no limiar do sono profundo.

"Onde será que está meu primo?", lembrei-me da questão mais importante. Queria muito ver meu primo que sorria olhando para baixo, como se suspirasse, tocando na armação dos óculos. "Preciso ir procurá-lo logo", pensei com convicção.

Saí do quarto do professor andando às apalpadelas e subi as escadas correndo. As lâmpadas estavam todas queimadas, e a noite penetrava em todos os cantos do dormitório. Sem me importar com minha mão pegajosa nem com os chinelos sujos, corri para dentro do dormitório tentando afastar as trevas. Meu coração disparou e senti falta de ar, mas o bater de asas continuou ressoando no interior do meu ouvido de forma constante.

O quarto do meu primo estava trancado. Segurei a maçaneta com as duas mãos, tentei girar, empurrar, puxar, mover para todos os lados imagináveis, mas em vão. A maçaneta também ficou pegajosa.

Então corri para o quarto do estudante de matemática. Dessa vez a porta se abriu surpreendentemente fácil. Nada mudara desde a última vez que eu o vira. As pranchas de esqui, os bilhetes do ônibus noturno, o suéter usado e o caderno de matemática continuavam dormindo à espera de seu dono. Na dúvida, dei uma olhada dentro do guarda-roupa e debaixo da cama, mas em vão. Meu primo não estava em lugar nenhum.

"Será que preciso ver em cima do teto, de onde as gotas estão caindo?", pensei, com a consciência límpida como se recitasse um verso de poema. Dessa vez desci a escadaria com cautela, degrau por degrau, peguei a lanterna da sapateira do saguão e saí do prédio.

Enquanto caminhava até o pátio interno, meu cabelo e minha roupa ficaram encharcados. A chuva era fina, mas caía sobre mim como se fosse uma grande teia de aranha. A chuva era gelada.

Juntei as caixas de cerveja espalhadas no pátio interno e as empilhei debaixo da janelinha de ventilação do quarto do professor. Eu estava encharcada, cambaleante e completamente só, mas o curioso é que não senti medo. "Estou perdida em alguma pequena distorção", pensei. "É só isso." Tentei me convencer disso.

A tampa da janelinha de ventilação era pesada e estava enferrujada. Quando soltei a mão depois de retirá-la, ela se afundou no chão fazendo as caixas balançarem. Tive de me segurar na janelinha para não cair. A chuva caía nas minhas pálpebras, nas bochechas e no pescoço. Olhei para cima e só vi chuva. Acendi a lanterna com dificuldade, com os dedos escorregadios, e iluminei o interior do teto.

Havia uma colmeia de abelhas.

No começo, não me dei conta de que era uma colmeia. Ela estava num espaço plano e inusitado, era inacreditavelmente grande, e eu nunca tinha observado uma colmeia de perto, com atenção. Parecia uma fruta deformada que crescera de maneira indefesa. Havia várias pequenas farpas na sua superfície, com desenhos de curvas suaves. Tinha crescido tanto que não conseguia mais manter sua forma, e havia rachaduras em várias partes.

O mel vazava de suas rachaduras. Escorria de forma densa e silenciosa, *ploc*, *ploc*.

Ouvindo o bater de asas, observei essa cena. Pensei no professor que tinha caído no sono abraçando suas costelas deformadas, no estudante que desaparecera junto com seus belos dedos da mão esquerda, e no meu primo que lançava a bola com suas escápulas perfeitas. Desejei desesperadamente que eles não fossem sugados para algum ponto profundo do dormitório e estendi a mão na direção da colmeia. O mel continuou escorrendo sem parar em um lugar bem distante da ponta dos meus dedos.

ESTE LIVRO FOI COMPOSTO EM ADOBE GARAMOND PRO CORPO 12 POR
15 E IMPRESSO SOBRE PAPEL PÓLEN BOLD 90 g/m² NAS OFICINAS DA
RETTEC ARTES GRÁFICAS E EDITORA, SÃO PAULO — SP, EM MAIO DE 2023